童話故事

童偉格

目次

卷二

卷三

生活就這樣不以他的意志建立起來，直到戰爭殺害他，埋葬他，從此成為家人及兒子的陌生人，他也被深深遺忘。無盡的遺忘，是他這類人最終的祖國，是無根源起始的生命的必達之地。圖書館裡如此多的回憶錄，利用在這殖墾地找到的孩子們——是的，在這裡的，都是尋回及失去的孩子們；他們建起臨時城鎮，日後有一天，他們自己也在其中死去。就好似人類歷史，在一片古老土地上從未停止過步伐，卻留下了太少的痕跡。

——卡繆（Albert Camus），《第一個人》

序篇：失蹤的港

在我們的城市附近生長著非常美麗、巨大的仙人掌。有些是直立的，葉片像手臂一樣互相擁抱著。這就像愛情一樣。仙人掌不會搖動，但遇到大風會格格發響。這種格格的聲音就是它們的歌聲。我們那裡還有高山。它們是赤銅色的，像印地安人的皮膚一樣。我們那裡還有水流湍急的寒冷的河，河裡有鮭魚游來游去。我從來沒有看見過想吃仙人掌的鮭魚，也沒有看見過想吃鮭魚的仙人掌。可是人類卻在不斷消滅鮭魚、仙人掌、山脈、河流，以及自己本身。我想在畢業後研究生態學，因為我愛大自然。但後來我想：至今還沒有人想把人列入紅皮書。現在我想研究人類生態學。

——葉甫圖申科（Y. Yevtushenko），《漿果處處》

六月二十二日：三點差十分到達近海的馬錸（Masoo）村，從那裡可清楚看到基隆島。當我們發現走了整天才到達的，是坐船幾小時內就能輕易到達之地，可想像我們覺得有多好笑。我們在村子對面一棵大榕樹下歇了幾分鐘，然後涉過一很淺、多卵石的淡水小河。選在山上，屋舍上方的一小塊樹木濃密處，一直休息到傍晚天氣涼快時，六點十分再度出發。沿著海灘往前走了一段距離，朝西南方向走上高山，進入那地帶。繼續前行，一待太陽下山，「閃爍的景色速隱不見時」，就聽見竹雞的叫聲：「Ke-puh-Kwai」，由鄰近的山丘傳來，一隻貓頭鷹也發出憂傷的調子，巨大的蝙蝠這時開始飛來飛去，月亮是我們僅有的照明。

——史溫侯（Robert Swinhoe），〈福爾摩沙島訪問記〉

一八五八年，餘生倒數第十九年，二十二歲的史溫侯擔任英國軍艦不屈號（Inflexible）翻譯官，從廈門前往台灣。此行主要任務，是尋找兩位在台灣島南失蹤的船員，查證他們死活所在。一八五八年是清咸豐八年，帝國中樞將要被焚，皇帝將出走熱河，也將死在那裡。不屈號依戰備模式，沿海岸線搜索，從台南逆時針環島一周。由於謹慎，他們接觸的人有限，最終也並沒有找到那兩位船員；但很多在外交衝突中，他們以為顯要的船難，海上劫掠或船員俘虜事件，當詢問在台住民，他們發現後者對那些往往一無所知。台灣是這樣的邊陲：離海很近，離身邊事物很遠。因此，當六月二十日早上，他們繞過基隆嶼，由港口上岸，花了兩整天走過煙濛炎熱，恍如內陸的礦區抵達馬鍊，重新向海一望，赫然發現基隆嶼還矗立在極近處時，真可想見他們臉上的表情。

馬鍊是平埔族社名。平埔族在未來一百五十年裡，將從北海地帶全體流散，只遺留這社名，與誰都無關的標籤般，到處貼在史溫侯立足望海處左近：那條「多卵石的淡水小河」，後來被稱作瑪鍊溪；瑪鍊溪口，曾存在過一個名叫瑪鍊港的繁盛商港；瑪鍊溪左岸，新北市萬里區的主街，至今仍叫瑪鍊路。由於與誰都無關，瑪鍊（ㄙㄨˋ）常被誤讀成瑪鍊（ㄌㄧㄢˋ）。瑪鍊最近一次大量在傳媒上現蹤，是二○○八年年初，一位政治人物履行選舉承諾去跳海，政治把傳媒招到從不存在的瑪鍊港，自己從三芝淺水灣下海。

他不曾錯植鍊鍊，不是因為他細心——正好相反，是因他曾渾噩地在瑪鍊溪中游的一間國小，讀了六年書。六年下來，每年相似的畢業生致答詞，他卻猶只記得開頭總是這樣的：「六月的鳳凰花開了，瑪鍊溪潺潺的流水，奏出動人的樂曲……」事實上，在那裡他從未見過鳳凰花，而除了自己差點淹死在裡頭的那次外，他也從不記得瑪鍊溪曾發出什麼令人印象深刻的聲響。在那接近全盲與全聾的童年裡，一切聲音皆細碎微薄，與正這麼發出聲音的人們一樣，被罩在雨後濛濛的泛光裡。也許因此，一切才能堪稱安妥。以瑪鍊指稱的一切事物，如此曾是他以為的界限：他的極近與極遠，他的邊陲。他的隱匿與永無寧日的喧騷。然而，當然世事恆如此：只是他自己這麼以為。二〇〇八年年初那天，他在台北的自助餐店吃飯，聽到電視瑪鍊瑪鍊吼著，抬頭看那荒草岸，飯差點從鼻孔噴出來。在日漸荒蕪的瑪鍊港舊地，他驚訝他們好厲害，一個早上踩踏，催生出一個熱熱鬧鬧的，瑪鍊港，只為了裝載一位他們以為的失蹤者。史溫侯的不屈號，是否會折服於這作為呢？

他且也記得，當瑪鍊港客商不再，隔鄰的公墓區正逐年擁擠，許多他的鄉人終於藏身於彼。他記得海風中的荒草，記得每年一次的探視，荒草總拔長成適於掩蔽那片亂葬崗的高度。年輕時他偶爾在電視電影中，看到那些清爽整齊的墓園，闔家掃墓恍如野餐的場景（一把野花親獻給您，一掬清水浸潤您的永息……），他總猜想，他害羞的鄉人們將墳地遺棄在如此難以企近的地方，是想靜靜說些什麼。海風錯亂，潮濕的，但總發散濃濃焦土味的細砂黏著於鞋縫，袖領，耳目，揮灑不去，恆常是那寂靜的切身膚觸。他且也記得，從荒草叢中起身，總能重新望見海，重新覺得自己像個陌生人。一海連灘，年年有出人意表的東西被沖刷，被遺棄在灘上；有一年，他記得，灘上棲滿橙亮的橘子，在陽光變幻下閃現恍如星群。

但他真不記得那是在哪一年了；但它們一一叢聚在各自孤立的年頭裡，在一個他終於知道那已然失蹤了的港灣的懷抱裡，連他自己也一併壞掉了，失去聯繫那些的直覺與願力。寫作，寫作經年，猜想那個寂靜經年終爾世故的他，不願承認的也許只是，無關私人情感，也許只有謊稱自己在場，才可能引人傾向，一個從未存在過的港。

「在場」：承襲一種世間之途以自然終老，而非空望年輕的異鄉旅人，如史溫侯所留下的，總如夜霧風景的隻字片語。他想像流散前刻的馬錸部族，想像其中有人，像《巫士・詩人・神話》裡，印地安末代巫士黑麋鹿一般，在十八歲時，被腦中各種幻景壓倒，於是向族人說明自己的恐懼。族人相信他，聚集起來，整夜要他教唱在幻景裡聽見的歌。而後，他們一起協商，創作出一種來源難明，但每個環節都已被大家確認過的展演程序，幫助青年示現自己經歷的幻景，讓一切都能被明瞭。展演過後，青年就像黑麋鹿一樣，被認可為巫士，能探索巫術了。黑麋鹿如是說：

雖然一個人見過幻景，但除非他能在族人面前將幻景表演出來，否則不能運用神賜的力量……如果那時我沒有被一再出現的幻景嚇出病來，被迫公開表演，恐怕任何不曾夢到幻景的人都可比我有貢獻。但那恐懼來襲，就是神靈的旨意，如果當時我沒有服從，相信不久後我也會因恐懼而死。

是以「承襲」：被自己的鄉土接納，重新成為完足之人。或者，其中繁複，活絡的教養與指配過程，所明白昭示的也許是：一個人，必須先被族群給治癒，然後，他有了療癒族人的能力。

小河清淺，月光照暖竹雞與蝙蝠，青年與族人俱在，詠而歸。那明確存在的群體感，也許付諸形容，近似另一位異鄉旅人騰布爾，為雨林的莫提部族所記錄下的，「發現完美狀態」時刻。當這時刻降臨族群：

一切社會的、精神的、心智的、肉體的、音樂上的不和諧、不整齊、不搭調等全都消失了。在短暫片刻，莫提人理想中的ekimi君臨，讓萬事萬物「變好」；因為——用他們自己的話來說：當那個瞬間被觸及，所有現存的事物都是好的，否則它們根本就不會、不可能存在。

一切都好了，包括那樣懷憂恐懼的他。也許因此，得以放心無言。

年輕時讀到這些異鄉證言，他久久猜想那無語時刻。他且也記得流散後，終爾失去力量的黑麋鹿。他總以為，力量會消失，不是因為黑麋鹿對異鄉人說出全部幻景，犯了族群禁忌。力量會消失，想必是在更早以前，當黑麋鹿不能在族人的信任裡受保護，藏存個人的私密與獨特時，就注定要消失了。當異鄉人造訪黑麋鹿，無論有無意識，他很難不將黑麋鹿看成過往巫士一途的典型代表：黑麋鹿在族群中，作為一個人的獨特性，在流散之後，孤單地成為他對族群的代表性。流散之後，黑麋鹿的話無論多麼獨具個人風格，就只是「一位印地安巫士」理所當然該講的話；他與族人付諸展演的幻景，無論來自多麼私密的內在視野，都將只是作為「印地安人」，理所當然該做的行為模式。「惟有我一人逃脫，來報信予你。」從此，他可多言了，因為世上再無可接納他的ekimi。

失去力量，失去ekimi：前巫士黑麋鹿流浪到城市巡迴表演團，成了原民歌舞藝人。他記得一張黑麋鹿穿著表演服裝所拍的「定裝照」。一八八〇年代的相機想必成影甚慢，這位為族人創作出「太陽之舞」、「馬之舞」、「慟哭儀式」、「鬼魂之舞」等神蹟的前巫士，想必久久佇立原地，注視眼前的機械盒。就像巴特對一張紳士肖像照發出嘲諷：「如何具有睿智的氣質，而不想任何睿智的事？」看著黑麋鹿的照片，沒有嘲諷，他真切想著的只是：如何，如何成為一種世間之途的最末一人，代表人物，卻能看來如此無傷？

十八歲開始寫作，他想像自己「在場」，讓腦中幻景成形。想像他們仍在左近，而自己無傷一如身穿藝服，置身相機前的黑麋鹿。其實彼時他記憶的人事，無論個人珍視與否，泰半都已消逝。因此很自然，多年後他檢視那些照片，將驚覺：被定影留存的，原來，始終只有如此像表演藝人的自己。

他漸漸明白自己，終究不能像那些終生定居原鄉的寫作者，如蒙田，有強大自信，以一隅之地向舉世異鄉平等借閱言說，從而添補己身，宣稱自己是「第一個向公眾展示包羅萬象的自我全貌的人」。完足之人。蒙田的書寫表演，倘有其悍然無愧的正當性，也許只是因為在自己的鄉土裡，他作為敘事人的完整，不證自明。他是敘事主體，亦是自己最感興趣的客體。他的隨筆，形構一種去時空的對話過程：主體以其不證自明的完整，不斷補充，申衍對客體的描寫；從而以客體永遠在形構中的完整，呼喚理想讀者：一位能將客體尚在形構中的完整，幻真式地接收為主體那無需言明的，完整的，由主體虛構的對話對象。

於是，「完整」作為一預擬概念，以其實際上訴諸書寫時，必然的片段與殘缺，讓對話中的時間恍如靜止：因為每次針對客體的描述，雖必是片段的，卻能促使面向「完整」的言說行動變得沒有終點。而這一無法終結的，針對客體的言說行動，將與主體對自身生命那可預見的終局遙相對望：對蒙田而言，無限制地「展示」細節，成為訴說生命的惟一方式。主體的獨特性，如此外顯為一種有對象的修辭方式，一種傾談意願，表現於他獨特的言說姿態中。所以蒙田說：「不要期望從我談的事物中，而是要從我談事物的方式中去得到些東西。」

所以，如此多對異鄉掌故的知識收羅，乃為在主體的完整之上，突出了蒙田在自己的鄉土裡，作為「史上最博學的人」的獨特性。

這是不受流散之苦的人的「史詩時間」：歷史中，寰宇內一切細節，皆可片段地被作者展示。再碎裂，再與原來脈絡抽離到只剩如「在斯巴達，教師懲罰孩子時，咬他們的大拇指」這樣一行文字，都在作者展示中，對應主體的完整。這是一種結構彈性強大的書寫自由，而這種自由，來自對古老書寫模式的內向引申：對古典史詩作者而言，盧卡奇說，他們所描述的世界是他們的；對蒙田而言，言說主體以其言說姿態所據領的鄉土，以各種可能的延伸物——城堡內的書，馬背上的旅途與所見事景，登門訪客帶來的故事等——向所有異鄉借閱。主體博學地，在世上所有史詩作者消亡後，藉貌離神合的言說行動，遲延自己這樣一位只擁有自己鄉土（而不擁有大部分他所描述世界）的作者之死亡。遲延，乃為了理性排序，一次性地達成主客體真的終於一致而「完整」的消亡。蒙田說：「從此，除了死亡，我別無思慮。我拋卻一切新的希望和計畫，向我行將離棄的地方一一辭別，日復一日，我所擁有的東西漸漸喪失殆盡。」

「我行將（而非已經被迫）離棄」，「一一辭別」，「漸漸」。簡單說：有鄉土之人，才有計畫旅行的權利；才有依循里程，與人事漸漸辭別的餘裕。更簡單說：有鄉土之人，才能藏存作為「一個人」的獨特性（而非代表性）。形構如此：書寫總也具備某種程度的表演性；而敘事體裁，如小說，本質上總也需求小說家「在場」，去協商觀察與感受。當「在場」消失，主體快速遠離作為描述客體的自己，展示的表演姿態這證明作者獨特性的方式，突然變得十分懸疑；作者必須重新摸索言說位置，以確認自己，將如何與讀者一同觀看其所描述的客體。

於是「展示」變得曖昧；「憐憫」變得充滿政治性。從而內容虛構與否，作者不再具備選擇——他必須虛構「自己的世界」，但終究他會發現虛構之無謂，因為一切不是「行將」，而是都在快速崩解，無法去「一一辭別」。當虛構必須但無謂，或甚至根本不可能虛構，這樣的小說家，將消解小說作為文類的本體論。消解了自己建立起的世間之途。

所以奈波爾說：「我的虛構小說已經寫完了。」

維根斯坦：死亡不是人類經驗。但人類倒數餘生，猜想死亡，以實際的，想像的，或重新發明的鄉土為立足地，去理性排序，去暖化馴服，去遲延死亡這彷彿是最末的ekimi。如《明室》裡，巴特的「冬園」：我以我的方式消解死亡——倘若個體之死乃為成全總體生命，那麼沒有下一代的我，在母親臥病時，我孕育了她。現在她過世了，我也不再有理由去配合至高生命的步調。我的個體永不能普遍化，只能靜待自己的死亡：完全的，沒有死生延續之辯證的死。

傾向於死：所有人類本能，一切人類言說的最終目標；現代巫士弗洛依德所言的，支配著人類所有精神生活的「涅槃原則」。有時，他不免僭越地猜想：這會不會是人類心靈裡，最龐大，最拒絕被時光治癒的幻景？某一年，當從荒草堆站起，越過亡父重新望見海時，他這麼想著。某一年，他猜想渾然不知自己已駛過生命折返點的史溫侯，赫然重見基隆嶼時的，那樣年輕的臉。某一年他知道了，就算有人每天近海，海可能依舊難測：東北季風喚來的寒風冷雨，那些他自小習慣的，在海上，轉瞬加劇成對他而言，完全陌生的風景。《白鯨記》：每當潮濕霧濛的十二月天，船出航向南，讓炎夏早熟；那快活的船頭正破浪疾駛，只為拖行陰鬱的亞哈。某一年他恍然明白，無論如何晦暗悲傷的悼亡書寫，文學作品基於需要協商的人類經驗，與真正的死亡相比，仍是相對溫暖且光亮的。也許作為讀者，他是行走在溫暖的光照裡的。他想起詩人孩童囈語般的字句，「人類生態學」，明白自己並不真正懂得。這樣重新覺得像個陌生人，想起被從水中救起的自己；想起流散後的黑麋鹿。能不能更僭越地這麼想呢？也許，在非常私密的層次裡，黑麋鹿可能確實仍是巫士；倘若巫術本質，是一個人的幻景中，願力與直覺的延伸。而也許，族人將他永久療癒了，即便在族群流散的多年以後，這位私密的巫士，依舊心無恐懼。

這是他的幻景，暫時的住所。於是對一切光照心懷歉念與感謝。於是重新出發，朝向一並不存在的港灣。於是如但丁所言：因此我們前來，再次仰望星辰。於是只能是第一個人，他回返，重看多年以來，個人的童話年代。

卷一

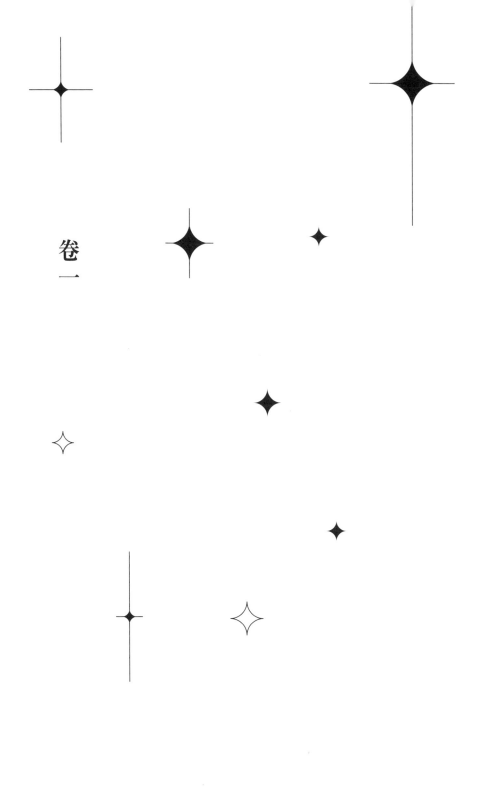

時光所見

搖籃在一道深淵上晃動，而常識告訴我們，我們的存在只是一道短暫的光縫，介於兩片黑暗的永恆間。儘管兩者是相似的雙胞胎，人看出生以前的深淵，通常比看他前往的那個更鎮靜些。然而，我知道有位年輕的時間恐懼症患者，在第一次觀看他出生前幾個星期拍攝的家庭電影時，經驗過某種類似恐懼的心情。他看到一個幾乎毫無變化的世界——同樣的房子，同樣的人——於是他意識到他根本不存在於此，也沒人會為他的缺席悲傷。

——納博科夫（Vladimir Nabokov），《說吧，記憶》

這樣，既然有了海豹與星星，有了解釋，有了認命，有了和解，而一切又在更高層次上獲得了新的意義，那這本書顯然也到了該結束的時候。但生活不同於藝術，藝術總會有一個結局，生活卻總是以惱人的方式跌跌撞撞和一瘸一拐地繼續下去。它會推翻既有的談話，質疑已得到的解答，證明人想永遠過著快樂和有德的生活乃是不可能的。

——梅鐸（Iris Murdoch），《大海‧大海》

「哀慟有時，跳舞有時」；在兩端黑暗永恆對望下，智識終歸虛空，也許該相信情感亦然，這會讓人鎮靜些。多年後還會想起：公路旁，樹蔭下，有兩間木屋，一間是男屋，一間女屋。從兩屋間的石板梯往下走，就到了洗瓷土的河灘地。三口洗池以頂棚相連，每口一個籃球場大，外圍的水泥牆比人還高。從河對岸山壁挖出的原土，以輸送管飛河下送，傾進洗池裡。節奏聲幫幫，幫幫，幫幫敲擊河谷。猶未下工，兩木屋無人，他推女屋門望入，只見幽暗中，屋角搭著碎花簾幕，衣物沿三條曬衣繩，半空吊滿無鎖、無窗、無椅櫃的小屋。在那明白顯示無人將久駐的幽黯地界裡，野草曠日生長，填補壁縫。下到河灘地，放眼一切銀白：銀白的煙塵；銀白天邊，銀白的夏日夕陽慢慢靠近山稜線；銀白泥窪裡，銀白的長臂蝦疲憊掙扎。

他坐在竹林外，等她下工。她和她們正泡在洗池裡，一鏟一鏟，把沉澱、離析出的泥夯實，鏟向下一口洗池；鏟到烘乾機不停轉動的束帶上；鏟進塑料袋裡，一袋袋裝車清運，送外地燒製碗盤。她們日復一日彎折了。當她們終於雙手掛在水泥牆頭，撐直自己，爬了出來，從衣褲淌出的泥水壓沉地平線，彷彿僅是因此，山壁就日復一日愈顯光禿，愈來愈險峻。她們連人帶衣入河洗工作服，簌簌擦著塑料防水布，如蟋蟀，如彈塗魚，再成群走進女屋裡換裝。再走出，她們就是嬸嬸、婆婆與母親了。未老也不小的她們，在樹下聊天，看那輛賣菜的發財車慢慢從公路晃來，慢慢地這麼準時。河灘上甩砲數響，男聲沿河叫喚：要放土水囉，未起緊起囉，要放土水囉。片刻，管線起先嗚咽，繼而轟隆隆蓋過自傷。銀白色的廢土水從洗池排出，流進河道，休耕的田，沖向出海口的墓地，與天邊月亮的表面。讓一切更無差別，更無法暗去。

海還是海，月還是月，在他心底暗去的，還是只有那兩間搖搖欲墜的木屋。提著菜，走在她身後伴她回返時，他總看著她的背。他總覺得，背上隱隱透出黑色的反字。他思索著她們，與他們共同的習慣：在每件衣褲內裡，都以簽字筆題著自己姓名，或畫上特別的符號。當她們與他們換上工作服，潛進一向濕熱的工作地，那些暫且脫下的乾淨衣褲，如此家常地一一張掛著，如索引，如空氣裡寄名。那種詞與物聯繫的方式，總給他奇異的感受。如「長臂蝦」族滅絕，或「月亮」逸離衛星軌道的多年以後，人們將從牠們與它們的名稱，默想牠們或它們曾存在過的樣子。像她（他）們正默默告知他，有一天，她或他，將無法再從工作地生還。

多年後的新春，一切皆鎮靜過去，連陪伴她多年的狗也死了，被她收藏在屋外曬衣場地底。地很平，因日日踩踏，幾乎寸草不生，令人很難把握那條狗準確的位置。彷彿牠還在底下走動，日日探勘著地熱。她變成一位較和好的母親，或更真摯的電視兒童。有時，他坐在她旁邊讀書，陪她看電視，溫習戲劇的百年套式。當她睡著，他轉小音量，那時的家屋如靜靜下雨的飛行器，在無為軌道上旋轉。她醒來，揉揉眼睛，看螢幕一會，國語，陳述一個客觀的事實：「世界快滅亡了。」一文靜的天使飛過。「啊？」他問。世界快滅亡了，電視說的。在她昨天獨自看完的一部紀錄片裡，科學家模擬了世界末日的方式。

這麼說吧，想像有隻草履蟲，叫小明。小明能自行細胞分裂，繁衍後代；但它最想做的，還是日日去找另一隻草履蟲小華，進行體液交換。這最原始卻最對等的愛慾活動，常存在小明那虛構的心臟裡，它因之而生。這天，小明照常沿潟湖邊游動，去探訪小華。突然，冰河期降臨了。冰河期從極圈，從最高的山頂，從最遠的海上封固全球，轉眼抵達小明所在。潟湖結凍了，小明左近的一切生靈，包括小明，也全都被凍結了。但小明並不知情，它隨「去找小華玩」的想法移動，猶以為時間會照常一瞬一瞬過渡下去。小明無以預期：下一瞬將被擱置億萬年。億萬年間，地球板塊重整，小明的世界漂向極地，疊進永凍層。彈塗魚登岸，鳥類飛行，恐龍稱霸，哺乳類從鼠輩走到人類；文明演化，革命誕生，神學多次復活為世俗倫理學，量子物理首度伸進科學那令人恐懼的測不準之核；世界翻覆了無數次，草履蟲小明仍然被封存在那未完的心緒裡，渾然不見這一切。

新千禧第一個十年，一位愛斯基摩媽媽不再能在自家後院挖洞，當自然的冰箱，因為這樣晚餐會流浪到隔壁村去：冰層正在自融。溫室效應加劇，南極洲一部分露出裂縫的冰層，從地底冒出大量易燃氣體，一擦即燃。科學家擔憂，當這些氣體改變了空氣成分，「熱情如火」，或「你的撫摸讓我燃燒」將從言情比喻，變成寫實白描。科學家更擔憂，這些冰層將如打開的潘朵拉盒，釋放出大量人類未曾接觸過的古單細胞生物，有釀成瘟疫的可能。但也許，瘟疫還並非最可怕的事。

想像永凍層繼續融化，終於，小明的世界被解凍，小明活過來了，過往億萬年對它而言並不存在，只是結凍前的那一瞬，接上了解凍後的這一瞬。小明「看見」了什麼？兩個世界，在它連續執行的心緒裡，如蒙太奇般被嫁接在一起，一切堅固的都消失了，世界轉眼不同。「突然」，小明覺得餓，小華覺得餓，所有故瀉湖地裡，一切被溶出的生靈一起都覺得餓了。這比愛慾更基礎的本能，這被擱延了億萬年的空虛，遠非人類經驗所能理解。飢餓令這群古生物跳躍，滑行，飛翔，在那樣活化的空氣裡拚盡最後力氣遷徙。於是它們如剽悍的遊民團，如劫掠的騎兵隊，從地球兩極風行草偃兩路進食，將地表上一切動植物、建築、書籍、車輛、船隻，全部消化殆盡。

這就是她在電視機前，一手懸空半握，一手指出路徑，要他去想像的畫面：從南北兩端，這顆天藍色小行星照緯度一圈圈暗掉，如房間一一熄燈的旅社。所以，遠遠不是星際大戰，或小男孩原子彈丟包那樣喧譁慘重的炸裂景象，世界末日是一陣基於本能的微風，讓撫過的一切如煙塵散滅；是寂靜的時光疊合：早在人類出生前就被冰藏的，如今被喚醒，吞噬生命所在的短暫光縫。

納博科夫回憶錄開頭的意象，也許轉化自屠格涅夫的《羅亭》，羅亭初登場的講演：

「我記得一個斯堪的納維亞的傳說，」他這樣結束道，「一位皇帝和他的武士們圍著火堆坐在一間黑暗狹長的茅屋裡，事情發生在一天夜裡，在冬天。忽然，有一隻小鳥從敞開的門裡飛了進來，又從另一個門飛了出去。皇帝說，這鳥兒就像人在世界上一樣，從黑暗中出來，又向黑暗中飛去，牠在溫暖和光明中待的時間不長……『陛下，』年紀最大的一名武士說：『鳥兒在黑暗中也不會迷失方向，牠總能找到自己的歸宿……』是的，我們的生命短暫而渺小，但是一切偉大的事業都是由人來實現的。人應該意識到自己是完成這些偉業的工具，以此取代人生的其他樂趣。這樣他就能在死亡中發現自己的生命，找到自己的歸宿……」

這類人生訓示，是早生於羅亭一百多年，維柯的本職學能。幾乎每年開學，負責修辭學的維柯老教授都要登壇演說，重宣學問之道。老教授反覆說：一切人類知識，在促人自知；在以盡量短的時間嫁接往者心智，從而學會理解與寬諒。這是人文學者追求的智識蒙太奇：將短暫無序的個人生命，以群體連帶感，剪接成一條潛入死亡的光，以此僭取死亡的永恆性。理解、寬諒，與死亡和解：「這樣他就能在死亡中發現自己的生命」。

多年以後，他已習慣這類論述的基本流程，看一神論的形上神學，如何衝破時空，造取捷徑，追趕並補寫西方近代人文學者，從希臘城邦借來的世俗倫理學。他猜想，其中最龐大的人類心靈工程是，神學在此，就地誕生為世俗倫理學的核心，因此形成這樣的悖論：一個人謙抑崇仰上帝，是為了在公眾事務中，在有限生命裡，讓自己表現得「更像全能的上帝」，去「確實地知」、「正當地行」與「高貴地說」。維柯艱辛為西方後代學術驅趕異教，擬造歷史的純淨與完整，去推算出一個人間使命的可能。這亦是羅亭的抒情之道：在那初出場的代言之夜裡，他以一個被「淨化」過的異邦傳說，擄獲許多同族的心。羅亭的個人魅力，在於他總宣示「對」的話。而藉助一點記憶力，讀者將知道，羅亭的命運，已寫明在他最初的話語裡：這是一個關於羅亭與眾人，終於確認死亡對他而言，是惟一一件他能做「對」之事了的故事。

憑藉記憶：惟有記憶存在，人才有和解的必須與可能。阿茲海默症侵臨，詞與物日漸失聯，梅鐸問：「人怎麼確定自己瘋了呢？如果我瘋了，人們會告知我吧？」那是在早期，記憶突然的空洞，還像水中自然升起的氣泡般輕盈，通常帶來無傷的尷尬。但她感到驚恐的是，這反諷如此簡明：她是作家，而在餘生中，她竟將連怎麼稱呼事物，怎麼拼寫字彙都忘了。她當然知道自己將航向的，並非真正的「瘋狂」，而當病症加重（一定會的，醫師說：這無法阻擋），過了某一刻，人們將不再能告知她任何事，以指名道姓的方式。

也許，作家只需要方寸小的自由，就能去過合於大多數人道義的生活；只要腦中那裝載索引的小小暗房依舊活絡，她就能召喚，能折扭，能幻化出詞與物的新關聯。是以海豹與星星。作家的自由卻也小得偏執：倘若忘記「大海」這詞的意義，那占世界十分之七大的水體，於她有何用？倘若不能用「月亮」的語意，索引存在過的每個黑夜，確認那盈虧變化的確實是同一張沉重的臉，那時間是什麼？人們在種種苦難取走自己性命前一刻，都可能猶能寫作，讓文字代她生還，惟獨阿茲海默症，文字提前背離作家的生命，不容協商。

阿茲海默症僭越人們腦中各自特異的暗房，將那裡曝光得一片銀白，沒有差別；只有在斷層掃描照的反影中，它看來才會仍是一片漆黑。其實，那裡除了光亮外，沒有其他的了：生命中的許多大魔法師；預擬過的許多人類和解方式；暱稱過的寵物；心愛的散步與回返的路線；連莎士比亞都不在了。只有照料病者多年的貝禮能自嘲：當阿茲海默症愈惡化，病人和家屬就愈好受。因為不再有個人的獨特性，所導致的情感煎熬了；因為情感願力的神祕能量，與記憶，一同在病者腦中的暗房裡消解了。也許，這是人的心智所承擔的種種時間暴力裡，最橫暴的那一種了。那是非自願的自殺。令旁觀者悲傷的是：病者每奮勇活過一日，就只會曠日更忘卻「死亡」的意涵為何，直到無知地死。

惟有記憶存在，人才有和解的必須與可能。這麼一想，所謂「個人自由」，總也是要在自願解開記憶牽繫後才能獲得。大約與梅鐸寫作此書同年紀時，抵死不肯輕諒，不願忘卻的盧梭，流亡到梅鐸曾細筆捕捉過的那片海濱。四年顛沛流離，中年逢病的憤鬱，或明確就是如《大海‧大海》中的阿羅比，那樣孤獨望海的歲月拖磨，使盧梭疑似患了被迫害妄想症。他琢磨腦中一長串仇人名單——狄德羅、格里姆、伏爾泰、休謨等，喔，還有自己岳母——勉力寫成兩部《懺悔錄》。他重新確認往事：既溫柔緬懷，也嚴厲陳明他人對「我」的傷害，記述自己如何與他們一一決裂。更重要的，是要反向證明在自我記憶中，自己其實並無重罪可懺。

正是這同一位憤恨不平的盧梭，為西方人文教育，重新構思出純淨、永恆及身到深入內在的師徒情感。亦是這同一位盧梭，在論及世俗倫理時，如今看來極有先見之明地，要人們節制對國家的「認同之愛」。《社會契約論》：統治者對人民沒有先天的所謂「愛」，人民以屈從於宰制，償付統治者對他們的保護。所以，國家首先，而且理想狀況下，應該就只是一種維護全體人民生存權的組織。因為這單純原則，執政者任何以「愛」之名，要求人民為了捍衛國家存有，正常運作或抽象榮譽而犧牲生存權的要求，事實上乃是對國家定位的倒行逆施，是對國家品格的深層踐踏。

他的思維曾如此聰慧，以冷靜而彷彿不需要論證的話語，直達事理深處的悖論。就像他無奈指出社會事務的真相，是人人交出一部分自我，以殘缺的個人羅織公意，西方文明在他的分析下，體現為人類以「自我完善的能力」，使自我不斷衰退的矛盾過程：時間作用下，文明人的邪惡與高尚差別不大，兩者最終都促使人成為統領自己和自然的暴君。是以「群居」：個體能力的差別，使所有人都能以合於階級的方式，發揮他們最大的能力，共同使世界朝向敗亡。

人類奔赴壞毀的意向，如此頑強而必須，於是不可能有一種不自我敗壞的人為組織。然而，他依舊夢想，將自己真正想望的理想世界，落戶於野蠻與文明的夾縫間，那個人們剛結束流浪，走出森林，初次真正看見彼此的無名年代裡。那個年代與它的前身與後世相比，顯得那樣短暫，短暫到人們確實察覺對彼此的情感，但尚不及以「愛」彼此羈絆。簡直就像對一道縱逝光縫的留影，對那個想像中的無名年代，《論人類不平等的起源》夢境訴說：「人類生來就是要一直停留在那裡的，並且這種狀態是人類真正的青春。」那個心智的青春之夢，啟迪了西方人類學。那是以盧梭為大魔法師的李維史陀所定義的荒廢之地。並非不重要的是，李維史陀將要複印盧梭的憂鬱，以盧梭的語調，再次暗示文明的無可救藥。

於是，有了森林與少年，有了洞見，有了啟示，有了夢外之悲，盧梭依舊憤鬱的中年，對他而言，也就比梅鐸以通俗劇語境建構的阿羅比更複雜深邃，更令人牽掛了。似乎，時間日復一日積累的作用顛簸且殘缺，刻蝕力卻難以計量；而就推翻話語，質疑解答這點，他常不禁懷疑：真實人生的中年期，才是人類心智，真正的青春期。再一次，這讓真實人生顯得那麼短暫；讓心智那鎮靜無惑的真正成年期，那樣難容人以肉身健朗邁入，並以書寫生還。

大海與人瑞，兩種生還者。李維史陀：從孩提時代起，海就給我複雜感想，海岸潮間帶深深吸引我，但那一大片水使我受挫；在陸上常見的多樣性，我覺得海以令人難受的平坦與單調，將之一舉毀滅。那一大片水對他無用。是否能說，這亦是盧梭偏執面海時的感受呢？李維史陀及他之後的西方人類學，從自信是「抱負最大的科學」（馬凌諾斯基），走向本體論的自疑：在文化相對性的必要與侷限下，詮釋的限度何在？也就是說：誰有權報導？而該如何報導，才能免於粗暴與僭越？真實人生中的時間老人，無法完全解決這個觀看視角的問題。

李維史陀認為，就像出航是為了將遠方話語，帶回出發的港灣，人類學的最終目的，還是內省向人類學者所從出的那個社會的：人類學者在對異文化的結構觀察中，學會轉換觀察自身社會的方式。那麼多旅程，那麼多奇遇，那麼多繁複的思辨到最後，李維史陀能做的，還是將一切歧出，統整於西方文明能掌握的二元辯證。《野性的思維》：成熟於新石器時代的「野性思維」，「通過通信活動迂迴到物理世界」（最簡單說：在抽象化後獲得了實證性），而現代的「科學思維」則「通過物理學迂迴到通信世界」（通過實證性後轉向純粹抽象化），但無論如何，「這兩條途徑肯定會相遇」，因此：「人類知識的整個過程就具有一種封閉系統的性質」。

趁記憶結構猶在時結案了，系統封閉了，凡歧出者都是孤例，或時間進程中尚待歸整的變化物。李維史陀如此，和討厭的旅行和解了。巧合的是，李維史陀跨越那麼孤獨的海洋，捎回詳細的論證，為人類知識結案時，正好與他心中的大師盧梭，在困境中寫成《懺悔錄》第一部時同齡。情感願力深埋在記憶底層，確實具有如此神祕的能量。然而，因為記憶猶在，時間持續，與那一切和解的同時，寫作者面臨的乃是真實人生的解離。李維史陀：由於總是經歷突然的環境改變，置身家鄉，我在心理上已成殘廢。以精神徵兆論，他對「有序的整體」之追求，導因於一種異文化與已身所從出的文化，對他已然同樣疏遠，同樣日漸陌生的焦慮中。這大約是一種拓樸學的混亂：每一次回返，都在內心，讓自己向更深處退隱。最後，這位職業旅行者無處安居。

大海和人瑞都告訴我們：在短暫無序的人生裡，這成了智識與情感健全者，必須支付的日常。

這麼說不太容易讓人明白，所以他編造一則關於納博科夫的小故事。這麼說吧，納博科夫的童年十分完美：有一對父母，不太管教他；家常寵物是匹馬，居然聽人話。他毋須外出求學，也毋須像胡適先生一樣，向三座山頭外的鄰居借書回來抄，而是由父母為他收集來世上第一流的教師，在他的莊園裡隨侍教讀。英語、德語、音樂、舞蹈、騎術等，他的時間被妥善切割與編排：安居在自己家中而有安適如歸之感，是好孩子道德的一部分。在所有學習中，他最喜歡的，還是研究蝴蝶：每個星期三早晨，是處決蝴蝶作標本的時間。到那天，他不必保母叫喚就自動起早，穿好燈籠褲，快步進餐室用早飯。他盡力喝下一杯杯摻甜果醬的熱茶，拍拍肚子，戴好海軍帽，扛起半人高的捕蝶網，獨自走向屋外的大草原。

初春清早，天剛放亮，野草蒸起和暖的煙；地平線被朦朧推散，崎嶇中更顯廣遠。他的海軍帽跋涉過霧海，捕蝶網如帆，導引他向那條世襲的淺溪。一到溪畔，就天寬地闊了，煙霧絲縷順過溪面，一些常見的黃白小粉蝶輕靈飛躍。那是春之生氣的證明，但並非納博科夫的目標。蹲著小燈籠褲，在溪畔欣賞一會風景，直到有了尿意，他起身，到特意挑好的，野莓叢邊的濕泥地上，迂迴放盡庫存。他躲到一邊靜待，感受大草原薰風吹過，鮮花與朝生之蟲的氣息，帶起濕泥地上阿摩尼亞的味道，散進大氣裡。他知道蝴蝶熱愛這氣味，彷彿美麗事物必有陰影。他殺伐，是要為其剪影，置進無臭無味的永恆框格裡。

他安心靜待，看薰風召來牠們。是的，牠們都來了，從西伯利亞，從東歐，牠們乖順受召而來，就在那片濕泥地上，各式各樣的蝴蝶逆時針旋成浮動光柱，陶然降臨。所有顏色映照世上所有可能的光譜，於是在他眼前，合成一道如此完美的白光。他深受感動，泫然欲泣，但仍總惕厲自己，要謹慎挑選其中最珍貴難遇的一隻。

話說，就在這備受恩寵的一天，這年這月的這個星期三，他簡直不敢相信自己的眼睛：在那道光柱裡，他一眼望見了傳說中的彩虹大王蝶。彩虹大王蝶，嗯，怎麼形容人們才能懂呢？彩虹大王蝶，是，蝴蝶界的麥可・傑克遜。牠神祕，遁世，純真，陰暗，舞步奇特；百年難得一遇，真遇見了，平均每四分鐘會讓一個人暈倒。總之，若能保有牠，一名捕蝶人將不再殺伐，永遠止息這項志業。

年輕如納博科夫，他仍明白，遭遇彩虹大王蝶即面臨命運交叉點。義無反顧，他必得抓住牠。他雙手顫抖，脫掉海軍帽，低舉捕蝶網，屏息，靠近牠。覷透時機，他揮網，迅即壓地。他抓到了，再次確認，真在網裡。他一手束緊網口，像提起千斤重物，狂奔回家。進實驗室，到玻璃箱前，將箱頂推開一道縫，小心翼翼放牠進去，推回箱頂。他摸索著連通玻璃箱的橡皮管到另一端，打開毒氣瓶。他兩眼不眨望著飛行中的牠，靜靜等待毒氣瀰漫玻璃箱。一秒一秒，空氣的成分在改變，只是無色無味，難以察覺。牠仍在迂迴飛行，各種角度，織紋般的蝶翼發散靈動虹光。靜靜飛過死去的那一刻，牠仍以飛翔之姿輕輕降落，落在箱底，如一枚完美的動章。

成了，他想。他讓玻璃箱大開，驅散毒氣，捧起牠，以各種角度，看牠猶然栩栩如生。永息吧，他安慰牠：我會收藏你。

課不上了，話不說了。在書桌前，納博科夫手捧臉那麼大的標本盒，日日與牠對望，不捨離開。寵物馬因寂寞過度，暴食過多苜蓿撐死了，僕役來報訊，他說：「喔。」目光不移。成群教師在書房外觀望，他們覺得，其實是他被牠給收藏了：這是一種相對遲緩的處決，恐怕他將要永遠呆望牠，直到體內臟器一一腐爛。整個書房漸漸地愈來愈像毒氣室。眼見他那度長假的父母，將從巴登回返了，教師們開會，商量如何是好。最近的鎮上有市集，他們決定拖他出去玩，總之無論如何，先讓他離開書桌上的標本盒。於是任務編組：一組教師陪玩；一組教師趁空灑掃書房，製造讀書氣氛以示家長。他們拉開書房裡鎮日不曾拉開的窗簾，讓光線照進，照亮一室塵埃。

塵埃在光中跳舞，德語教師看呆了，一不留神，手中雞毛撢子重重揮過書桌，掃起標本盒。標本盒飛起，凌空撞擊牆面。德語教師驚呼，但已經來不及了：一撞擊牆面，標本盒的木片即刻四散，彩虹大王蝶彈起，飛到窗前受光，就在那光裡，就在高空中，彩虹大王蝶的羽翼碎成八片，碎成十六片，三十二片，六十四片，碎成無數不斷下墜的晶瑩粉塵，在光瀑中還不斷碎裂，終於完全消失在白光中，什麼都看不見了。無聲無息，牠不見了，溶化在光裡了。教師們無分國籍一體傻眼，心聲：「糟了！」驚駭稍息，他們再開會議，以教師觀點，賦此意外結果，以對學生長遠將來有益的正面解釋；同時決議，盡速完成清掃，暫時誰也不對納博科夫說明此事，觀其行而後動。

納博科夫回來了，進書房，找不著牠。他以各種語言問遍教師們，但只見教師們全都歪著腦袋，他就是問不明牠的下落。他很聰明，摸索著懂得了：牠無論原因為何，是不在了。他有教養，並不哭鬧，課也恢復了，話也願意說了。課堂中，他雙眼澄亮，一一專注看著教師們，彷彿要把他們說的每句話都吞下去，全都學會講。這種專注漸漸令教師們十分不安，尤其德語教師，時常半夜驚醒，想著他的眼睛，恍如某種繼續延長的密室行刑。德語老師請長假，背起行囊，消失了一陣子。納博科夫沒有忘記他，獨自一人時就用德語自問自答；睡前最後念頭是提醒自己，夢要用德語作。日日飛快進步的情況下，當德語教師終於背著行囊再回來，當納博科夫從書案抬起頭，略過問候，德語，直述句告知他「您變瘦了」時，教師明白，無可遁逃了。

教師別過頭，透過窗，遠眺室外的光。他拉把椅子，與納博科夫隔窗對坐。他說那隻蝴蝶真的很漂亮，獨特，難得。他說他最遠去到西伯利亞，以及東歐，在極冷的夜也並不安寢，而是坐在曠野上，架起床單，圍著油燈，持續試著運氣，看有什麼會出現在光前。因為他總以為，被光給收回的，該由光給吐還。停頓，他深吸一口氣。終於，他笑說，終於啊。他彎身，從腳邊行囊慎重翻找出一樣東西，放在納博科夫面前的書桌上。那是一個標本盒。你看，教師對納博科夫說，終於讓我抓到一隻一模一樣的了。納博科夫低頭，手扶標本盒看著，看著，眼淚靜靜流了下來。教師感動了。教師伸手拍拍他的頭，嘗試安慰他。別難過，教師說，你看，你的蝴蝶回來了；不過，也好，哭哭也好，好孩子，哭吧哭吧。教師起身，行囊上肩，走出書房，他想著，總算，現在總算可以睡個好覺了。

他望著教師離開，有生以來，第一次不能克制眼淚，第一次感到如此悲傷。他想像從西伯利亞到東歐，究竟有多少夜行者死於床單上的殺伐。他想像那樣珍貴的彩虹大王蝶，在教師眼中看來是什麼模樣。他想像在有限生命裡，人對人的償還與安慰，各種形式的。他並非不知教師的勞苦與誠心，他只是不無悲傷地猜想自己的德語終究學得還不夠好，以致他忘記該怎麼跟教師說：老師，您抓到的，這隻羽翼織紋相似的東西，甚至不是一隻蝴蝶。是一隻蛾。

相似的雙胞胎：生命自有其異質的正義，容量大於死亡。因為每個生命涵容的死亡，大約總是複數的：某一次是真的；某一次消散在光縫；某一次，因為並不真正理解的他人，嘗試真誠地安慰他。
最後那次不知怎的，特別讓人，為了一種回返而哀慟。

微小的失能

我從未有過一次，打從心底相信自己是活著的。你知道嗎？周遭的事我一點都抓不住，總覺得，一下子明明在那兒，一轉眼又不見了。

——卡夫卡（Franz Kafka），〈一場掙扎的描述〉

班的聲音吼了又吼。「小王后」又移動了，得得的啼聲又均勻地響了起來，班馬上就不叫了。勒斯特很快地扭過頭來看了一眼，又接著趕路了。那枝折斷的花耷拉在班的拳頭上，建築物的飛檐和門面再次從左到右平穩地滑到後面去，這時，班的藍色的眼睛又是茫然與安詳的了；電桿、樹木、窗子、門廊和招牌，每樣東西又都是井井有條的了。

——福克納（William Faulkner），《聲音與憤怒》

新錶使用手冊附一警語：「請勿於晚上九點至一點調整時間，這樣能夠避免手錶龍頭芯被轉斷。」他以為，這是隱喻：那極巨大，與極纖細的。是巫術指南：他該記取，在某些黑暗時段，校準和毀壞原來相近。人於哀悼中，經歷一種黑暗，巴特說，可怕的是，它斷斷續續，卻又不動如山。這或許是說哀悼者的心，就像中歐內陸，定期會氾濫成湖的平原，表面看來生滅自然，但其實，能在那裡常駐的生物，都已為了適應斷續枯榮，長成特異的樣子了：沒有一株倖存的草，不是為了避免自已被水灼傷，而奮力拉扯莖幹，長出永久的水中葉。這或許亦是說，哀悼是這樣的：當我惜愛那人，假設那人是發光體，從至高處摔落向我，發出呼叫，我將見證那人的慢速星散，或遷就速率的分部重整。因為距離是那樣遙遠，我首先望見那人拖曳光芒，劃過闃靜夜空。良久，呼叫才如同聲瀑，在我耳邊順序炸裂。最後，那人才終於如同一枚揮燃殆盡的隕石，黝黑無聲地墜落我面前。因為是這樣綿長的死亡觀望，所以我其實不該說，我惜愛那人。雖然，我已捻熄一切燈火，平靜所有日常燈火，確保那人跌進的，會是一個純粹的永夜，直達我左近；確認在那黑暗的等待裡，我所見聞的，已經都是他。

記憶的保存領域，原就是各自離散的：記憶依感官之別，分存在大腦各個房間裡。或許記憶的本質，原就是散失，是疏遠，是分門別類的遁逃。可怕的是，哀悼以記憶的分存，全身涵蓋我。將泡棉耳塞塞進耳洞裡，像處於兒時盛夏的午後，不小心睡著了。醒來，心中一陣驚慌。無端記掛一些事，比方說，睡時若發生山崩。地震、土石塌陷，醒來，發現自己被埋在地底某處，還活著，但卻被壓住手腳，動彈不得。就這麼在黑暗中睜眼看著，無能自行取出耳中的泡棉。被隔絕了，除了自言自語，聽不見任何聲響，那時，該呼喊嗎？是否該像報廢在無垠真空裡的太空艙，盲目而規律地，向虛無發送單音訊號。一秒一秒，一年一年。害怕一種失能，在不久將來終有一日，肉身成為自我牢籠，像不完全變形的格里高爾。害怕因肉身失能，而被親者幼兒化了：當他們開始五官集中，上身前傾，放慢語速那樣說話，彷彿也正向著他的臉，曠日廢時發送重複而無望的信息。那過於親暱，也過於疏遠。想起孩提時代，一位過早癡呆的父執長輩，在一天中隨便哪刻往樹下一坐，自在舒適度過一整天，肉體健全比起智識，比起情感，如此可能更是個人自由的前提。想起有時，人們會不自覺用過大音量，跟視障者說話，彷彿他們也一併聽障了。想起一位安寧病房的病者，因為厭極親者育幼式的關照，感歎說：「愛之外，一定還有別的什麼，我想去看看。」

想起遠方。想起「病至將死，所餘者惟風格」這句總令他沉吟的格言。想起那些主動從「愛」中疏散的人們，「風格」之為物，他猜想，大約是一種削減：情感上，關係上，想望上，減到一無可減，減到叩問死亡時，不存在一點自憐，減到不為任何人的不捨再多活一刻，「風格」可能也就昂然成立了。當然，弗洛依德要問：倘若不是出於對自我的愛，一個人追求「風格」做什麼？他會以擅長的二元思辨，說明對自我的愛，促使人們藉由追求風格，來形塑超我；但超我這監視機制，同時帶給自我巨大的痛苦：衝突，人類心靈的基本原型。

從一九一五年起直到生命最終，弗洛依德反覆問：「什麼時刻，人會失去愛的能力？」他發現，原慾在人睡眠或抑鬱時，會自外在對象撤回，冷縮，形成壓抑。對同一對象，總同時存在的愛與恨，在潛抑時分道揚鑣。強烈的愛，留在意識層；而一個人會期盼自己對所愛對象的感受沒有混雜，他會選擇忽視恨，於是恨別無他法，只好遁入潛意識中。恨因為遁入潛意識，像被掩埋的龐貝城一樣，得以完整保存，只以斷續瞬閃的形式，偶爾閃進意識中。精神官能症者的種種舉措，如道德潔癖，自責自貶，繞瑣碎事物打轉等慣習，甚至是畏懼、歇斯底里、妄想等徵狀，簡單說，是為了謀和這兩種強烈的情感：病至，以自覺或不自覺罪惡感的方式，取代對所愛之人的強大恨意。

抑鬱近似哀悼，兩者都冷縮，都對外在事物失去興趣。抑鬱者還習於譴責自己，隱隱期待著，召喚著懲罰儀式的降臨。倘若他們能順利抱病而活，他們的餘生，將以個人風格化的方式，一再進入哀悼時態的黑暗中。哀悼自我，作為倖存者，或某種形式的遺族，失去了曾經與自我關聯甚深的認同對象。因此，超我，這一總給自我帶來責難式評判的心理機制，隨哀悼的儀式性預演而生。它助人克服對死亡，或一無所有地寂滅，不被記憶地隨時間消散的恐懼。它深愛並痛恨自我，要自我在有生之年，認真面對將臨之死。弗洛依德所謂的「命運官能症」：受苦者會想重複已經壓抑的痛苦，不由自主，似乎是基於命定的，想要一次又一次，重複去經歷同樣的災難。

本於對愛的二元見解，弗洛依德反對「宗教情懷」，或如一次戰後美國總統威爾遜一樣的「救世主」。他認為，這類過度被超我役使的人，在認同上是複雜的：似乎，以愛之名，他們永遠在尋找可以慷慨施予感情的年幼夥伴，毫無條件地付出，並教育這夥伴，直到自己再次被背叛為止。他們重複著強迫性精神官能症者的儀式性行為模式，以「殉道者」之姿，生意盎然地尋求毀滅。

為什麼尋求毀滅？基於對自我之愛。每當清醒無夢時想起弗洛依德，想起此類論述的迴旋，他格外覺得人生，不是任一個人的心靈，可能無憂存有的境地。為此，多希望人的心靈，像某些甜美易癒的故事裡寫的那樣，不會因任何事，留存永久的壓痕。

隔鄰仍在開轟趴，大學城好歡樂。小男孩覺得自己快要做壞事了，將會殺傷自己所愛。門前來來往往，有許多馬車，空洞空洞駛過，小男孩看著。內在聲音告訴他，該生一場病，以限制自己行動。彷彿自殘的巫術，他於是突然對馬感到極度恐懼，真的病了。這是弗洛依德的《小漢斯》。他總記得其中，某些悲傷如詩的分析：弗洛依德說，對這男孩而言，未來，和世故知識總是姍姍來遲，於是時間，終於不再能教會他新事物。男孩需要生病，因此獨自召喚病的君臨。病是惟一一種能親力親為的防禦：與病發時狂暴而反覆的「虐待—受虐」行為模式相反，他召喚病至，是為了靜靜護衛所愛。他的病的實質，完全仰仗他出於善意，想獨力驅逐某些本能天性。

弗洛依德確立了所謂「正常」與「不正常」的分野，本質上的薄弱：精神官能症者和正常人一樣，對不確定性和懷疑有所偏愛，但比正常人更強烈地，執迷於這些不確定性，並深深為其所苦。這些不確定性主題包括：父性、壽命長短、死後世界以及記憶等。在這些方面，運用自己深深為之所苦的，主動去創造不確定性，是精神官能症者慣用的方式之一。這造成一種深邃的景觀：似乎，所有精神官能症者的「目標」，如弗洛依德所言，是為了遠離現實並與世界隔絕，惟其如此，他們才能在正常人環伺的世界裡生存。

世故知識。「世故」最初始的意思是：世間一切事務。三十歲的弗洛依德精神樂朗，對一切都好奇，都想知道。他最大的理想是當一名「業餘者」，能擁有一座圖書館，或一艘載有研究所需器材的船，以及最重要的，大量自由時間。他原則上，是十八世紀啟蒙運動的遺族，講求實證，厭惡任何誇大的形上學。他的精神分析，一種注重聯想的詮釋技術，最大目標是為描繪出整個人類世界，如何不受遙遠的神性，而是受「盲目、衝突和世俗力量」所支配。為了臨摹科學，他全力導引精神分析，向一個可以量化的潛意識，與過往記憶畛域而去。在那個世俗時間的晦暗源頭，「沒有無關緊要的夢境煽動者，因此也沒有天真無心機的夢」，每個嬰兒，在生命最初始，就有他將一輩子為其震顫不安的性慾。

如各自背負裝備的旅人，每個人在自己人生裡，都是傷害的倖存者。這大概是弗洛依德站在城市窗邊，複眼望見的新視野：滿街都是精神官能症的潛在患者。城市的中產階級教養，讓談話療法成為可能。所有出現在諮商室的「病人」，教導弗洛依德致力成為一名善於聆聽的「他者」：分析者把自己當作一塊冷靜的「布幕」，提供被分析者投射他的情緒，他的愛憎，感情或仇恨，希望與焦慮。精神分析仰仗的「移情作用」，因此是「兩個個體間的交流」：當被分析者懷著自大妄想，或者被罪惡感所糾纏，讓他的世界，以及立足之處扭曲變形時，分析者既不是去讚賞，也不是去責怪他，而是精簡地指出，什麼是被分析者實際說出來的意思，提供有治療意義的現實觀照。

這讓精神分析的具體方法，彷彿是要拼圖一般，拼出一齣齣類如家庭劇場的密室傷害劇。弗洛依德明確使用的是「墳墓」這一比喻：由精神分析過程所揭示的童年時期，對病人來說都是經驗的「墳墓」，令人憎惡的黑暗過往；而故事中的壞人，大都是女傭、家庭女教師，或是其他僕人，令人遺憾的，也包括教師，以及「天真的」兄弟們（「父親」的延伸）。在這類傷害劇中，什麼是「現實」？分析者大概是要為被分析者指出：為了能在自己的人生裡繼續倖存，心中懷有一座巨大的墳場，其實並不可恥。

一種結界，或大魔法師式的形體重塑。一種基於善意的悲觀，一種強力的詮解，與意義的返還。無論如何，對他而言，是一種飛揚且獨斷的文學話語。也許，任何精神性的言說都使弗洛依德疏離，「實證」的他，不能不以性來詮釋愛，或世間任何一種可以「愛」命名的情感。奇特的是，整個精神分析臨床諮商的核心，卻是在技術性地使用「愛」這種情感。幾乎可以這麼說：「愛」是治療行為必然的副產品。弗洛依德認為，分析治療環境中，病人會對分析師產生移情作用，分析師應該洞悉這種激情的虛幻，並「善用」它，把病人對分析師的需要和渴慕，維持在一種對治療有助力的狀態。意即：讓病人在這種激情中辨識、陳述自身的痛苦，而這正是疾病賴以治癒的一個媒介；分析師應該節制、耐心且毫無情緒地面對這個過程。想用鼓勵或安慰病人當作治療的捷徑，只會讓病人的精神官能症文風不動，重新落入平日的思考習慣，而這正是精神分析要致力克服的。

簡單說，這是一種以「愛」為籲求，要病者離開隔絕現況，前往「愛之外」的導引：最好的精神分析，理應是一門幻術，在這心靈幻術裡，「治癒」，即意謂病者終能被獨自留在自己的人生裡，忘卻對分析師曾有過的激情，忘了自己如何被治療過。這當然，亦是一種獨斷的告別。這是「療程」的基本意義。

當他徵斂情感，「善用」它，並衡量著要適時終結它，他其實走在一個危疑的邊鋒上，如世間任何一位，以操作他人心靈為業的僭越者。當然，他首先已經不是青年時代的「業餘者」了：「我」所護衛的「真理」和「我」一樣，愈來愈不容冒犯。他是精神分析的「宗師」，五十歲，弟子獻壽桃，以獅身人面史芬克斯紀念章，銘刻他為「偉人」，令他深受感動。現世則對這位心靈僭越者，提出一個新的史芬克斯謎題：什麼人，可能真如一具性能優良的流線形艙梭，在早晨，在中午，在傍晚，自由進出他者的心靈，由人投射愛憎，卻免於隨之變形，或甚至瓦解？

人：早晨四隻腳，中午兩隻腳，傍晚三隻腳。食人的史芬克斯省略黑夜，那所有旅人躺平歇腳的失能時刻，大概因為，那樣的時刻對神祇而言，果真並無滋味。或者，黑夜在寓意上是漫長的死亡。其實，日常的深夜，那心靈最冷縮之時，恆常是人與自己最瞠目相對的時候。那也許，如高夫曼描述的，監獄裡的囚犯「坐著讓人畫像」，以讓守衛將其形象默刻心中的呆滯時刻：那個監視著「我」的「理想的我」，如此夜復一夜，重新審視將要不堪形體，如此瑣碎的「我」。有時抑鬱，有時歡快，那同樣既是重複的親暱，也是無望的疏遠，無論如何，只是「我」的不完全變形。歡快時，他昂然草擬計畫：想看的書，想去的地方，想做的事；如同時間是一座龐大的購物中心，需要清單，才不至於迷失。抑鬱時，他覺得時間裡的一切，並沒有什麼需要特別去理解的。一切的一切，可能，真的都是受創後的引力召喚，從巨大星體的肇啟運行，到人類心靈的微小失能都無不是。

好快，隔鄰轟趴要散了，以為這些大學生將要玩到天亮的。他們一個一個走出房間，很有元氣地向彼此告別，讓他頗覺欣慰。之後就安靜了。其實，也沒有真正安靜的時候，當他將耳朵塞住，會聽見心跳，與蟬聲一樣的腦鳴。於是起身，坐在桌前，等白日照見這學區。這河口小城，天將亮前的光度好紊亂。但很快，只要照見白日，一切就有井然的條理了。想起停電後又復電的那個淩晨，窗外山坡上的小學，播音設備被重啟了，大聲放起晨操歌。想起因此穿好鞋襪，繞過樂曲，沿山坡走向河口。第一班公車尚未發出，大街上有一片刻絕無人跡，像看見夢境。想起維吉爾：「如果我不能讓上天的力量轉向，我將向冥界尋求協助。」一九〇〇年，《夢的解析》卷首引文。世紀末，常人壽命一期一會。這樣持續下行，穿過夢境，恍惚明白，一切在他看來如此荒涼，只因人們仍在移動。世界看來仍在運轉，不需要愛的陪伴與監看。這樣滿好。

恍惚像是走在夢中，想起演員的感官練習：在有黑膠地板，與鏡牆的排演教室裡，他們赤足，緩緩走動。他們不交談，只專注在自己的覺知裡，聽走過身旁的足音，感覺距離：天花板有多高，一步得跨多少，才能錯開所有人。感覺腳板，感覺胯，感覺腰。感覺緩流的熱度，想像是在戶外，身體一側曬到陽光，另一側猶在冷然的陰影裡。感覺一滴汗，從額頭流下，流過臉，慢慢流下。這滴汗愈來愈重了，這樣被重力牽引，倒反著壓過好不容易從腳板動作，一個零件、一個零件組裝起的，正行走著的自己。感覺黏著與疲憊的身體運動，在引力牽制下，所有人都發出酸臭的氣味。奇怪的是，完全可以想像，氣息正輕巧飄浮上升，如熱天底，一滴汗落在柏油路面上，這樣瞬間化作蒸氣，飄散上來。如此，一邊繼續沉緩走著，一邊輕盈飄開，在心中某個角落，彷彿能以意識全景捕捉，驅動在那個空間裡，正那樣律動的自己。如此十分遲緩地，逐日確認，試誤修正，反覆重建一種肉身展示裡的全部細節。這似乎是在說：因為時間是這樣必不可逆，一個人，只好鍛鍊技藝以疏遠自己，以成可逆。

腦中閃過赫拉克利特的格言：「時間是一個玩骰子的兒童，兒童掌握統治權。」一時間分秒滴漏，滲入不復返之謎。赫拉克利特：「哭的哲人」，憂鬱的獨行者。據說，快樂是一種情緒，但憂鬱不是。發明聯繫，召喚任何形式的對應（如雙關語）都可能帶來快樂；憂鬱，則像是萬鏡之廳式的隔斷與封閉，是排練場裡的自我觀照，要求人們將雙眼，從遠方傾向於內，因此有些時候，憂鬱就被定義成存有的本質。一個憂鬱之人，憶起快樂的往事，總像看見自己在黯淡自轉的行星上，仰望森然不滅的永恆星圖。那如此安好，因已自我隔開；那星圖得以如此繁複地確認、修正與重建，既因為時間之不可逆，也因為自我疏離的技藝如此可逆。

想起赫曼，卡夫卡的父親。他的名字在多年後，並不被大多數人記得，但他生命中的所有細節，已被重新收攏，鎔鑄成一種典型，一種環節俱在，特定的世間之道：關於一位自小窮困，努力工作，終於白手起家，成為小暴君的父親。這位父親，體會過貧窮的悲哀，人間的現實，無法信任人，只對獨力脫貧的自己，有著深深的自信。成家以後，他刻意與自己從出的族群保持距離，落戶在猶太區外圍，不問世事，低調營生。他最大的想像或心願極其簡白明瞭，是嚴格教養兒子成為醫師、律師，或教師；總之，是賺錢賺得既體面，又備受尊敬的人，無論如何不像自己，只是個小本雜貨商，既怕官，又怕刁民。

這位父親，並非毫無創意之人。小時候，卡夫卡犯錯受懲。父親並不將他鎖在房裡禁足，而是隔離意味更深厚地，將他關在面街的陽台上，室內與室外的曖昧中介裡，不准他進門睡覺。遠方是汙濁得望不見星光的城市天空，近處是熄了燈，眾人皆安睡了的家屋。卡夫卡閉眼，倚牆坐下，想像自己是一塊冷硬的鐵板。非常冷，冷到自己的骨頭發酸，冷到夜霧在他身上凝結，滾落成冰霰，冷到夜風吹來，吹進他那因為已是冷硬鐵板的一部分，所以不能自行闔上的嘴巴與鼻孔裡時，都溫暖到彷彿要將他，從內裡撐裂了。

關於卡夫卡這反覆演繹的，總是不完全的變形，或消失：將自己感官的纖毫，分部且細密地，植進一個具體有別於「我」的替身裡。這位終生在萬鏡之廳裡踱步的憂鬱之人，以龐大的專注，在日記裡細細勾勒想像中的，自己可能的種種死狀。他將充滿幽微祕義的猶太傳說，如實感知成現實的威脅。他特別懼怕的，是勾冷：猶太傳說中，一種被手澤封印，因此有了生命，可代人苦勞的碩大泥人。在鍊金與魔術之王魯道夫二世所建起的布拉格，當卡夫卡走在故里的窄巷中，總憂心自己終將無故受懲，像勾冷那樣，冷不防被抽散氣息，就地解離。他說：「在清醒的狀態下，我們漫步於夢中，不過只是過去時代的亡靈。」這段話比較奇妙的地方，在於它比佛洛依德的死亡衝動，和榮格的集體潛意識早被寫下，像預先提出的，最簡短的結論。彷彿只是在一次又一次，身體細部的解離與察知中，身體就對他透露了，人類可能的心靈底層。

卡夫卡當然不是勾冷：他懼怕勾冷，然而，又幻想自己成為自己懼怕的勾冷；同時，卻又從外部全景監察自我的意識，是如何附著於那令自己懼怕的身體裡，並隨之毀滅的。分析邏輯，大概任何人，都能一眼看出其中的傾斜與錯亂。大概任何人，都會同意卡夫卡的慮病症成因，是如克萊恩所言：嬰幼兒，特別是無法得到照顧的，都會將強烈的毀滅信號匯集於自我，向照顧他的人投射過去；長大以後，任何苦痛都可能喚起這種早期感受，因此演發成一種自身遭到攻擊的想像。也許，是為了平撫這種恐懼，他們將身體，視作只是真實自我的配件，只是他們與外界取得聯繫過程中的，某種物體，既厭棄，又為此焦慮。他們總以慮病，暴露自身的脆弱，以此，尋索某種無條件的愛；尋索某個能將自己最不堪的部分，無保留地接納的人。然而，由於自我認同總是徬徨無路，在最恐懼不安時，他們總是先行一步從自己身體解離。並不搞笑，卡夫卡嚴肅要求大家：「請把我當成一個夢。」

只是，這一切個人的徬徨與顯在矛盾，或該說是邏輯推演上的謬誤與偏斜，他總以為，無礙卡夫卡的書寫實踐中，最有深刻意義的創見：在這些的確並無明確可辨的世界觀，亦沒有中心哲理的作品中，他創造了一個結構層級幾乎人人都能辨識與熟悉的空間，並僅僅就以這樣的空間，展示了無數個體的疏遠。從而，就其寓言性，或預言性，它需求後續的詮釋者，以詮釋行動，再對評論建制做出相應的確認、修正或重建。較簡白的，如一九五〇年代的凱澤爾，以稍寬廣的時間跨度，從十六世紀、十九世紀經二十世紀一路考察，將卡夫卡個人的萬鏡之廳，涵容進「怪誕」這一滑稽與恐怖的洞窟裡：第一，卡夫卡的世界，是一個封閉，但人物在其中，精神上卻沒有任何分裂現象的世界；第二，卡夫卡的夢幻色彩，在於以不斷出現的大量精確細節為基礎的結構原則，人物的挫敗，來自所有解謎的嘗試，都被這些任何理性的解釋也不能說明的細節給挫敗；第三，卡夫卡作品中的敘述人，對各種情勢的反應很出人意料，於是，他也就或這樣或那樣地與我們疏遠了。

相信時間是無動於衷的，相信必有一種注目，是永遠比其他觀點更正確，或更懇切的，他以為，那是最森嚴的恐怖。在攝影術穩定發展到能商轉後，在紀念日裡，由父親帶領，舉家盛裝去相館拍照，成為西方中產之家的儀禮。有這麼一張卡夫卡兒時的肖像照：他被打扮得好像洋娃娃，表情驚恐，大眼瞪著鏡頭。也許彼時，他不被容許閉眼；也許被要求正面端坐，凝望父親，直到父親說：「現在可以動了。」那像是一種捉迷藏：這張照片，將只剩下彷彿藏身處被偵破的自己，然而父親，那其實是橫亙他的生命的，最重要的存有，則必定看來並不在場。被裝扮，被帶離家，被獨自留影，被送返家，被靜默收藏；以及，在特定的日子裡，被要求欣賞自己如何以不動之姿，通俗地被收藏。也許，很難有人，不會從這樣的注目中自我疏遠。

成年以後，卡夫卡微笑說：人們為事物拍照，是為了將其趕出心中；我的書寫，則是一種閉眼的方式。他總以為，關於書寫，這已是卡夫卡，準確如詩的自我聲明了。在赴美洲巡迴演講後，王爾德從唯美主義詩人，變成通俗劇作家。他發現嚴肅的唯美詩作，與通俗的中產階級喜劇間，存在著相通的精神尋索：遠離現實的「非日常」。他所關注的，不再是主題，或語言形式，而是具體的技術問題：如何將情節鋪陳得更為曲折；如何確保舞台上的分秒都奇巧百出。相對於此，也許，在聖與俗的中介，所謂「怪誕」，卡夫卡的語言探勘，是一種更為繁複而全面的協商，這原本就是矛盾重重，步步為營的自棄與重建。他認為，付諸於書寫實踐，這已不單純是自我認同障礙的簡單病徵表現，而是有自主意識地，單純而執著地抵拒他人對其作品，做出日常敘事性的解釋，無論這些解釋，是來自文化，或政治等範疇。

就本體論而言，他以為，這是極致的空缺：除了徹底銷毀，置換「我」這概念，卡夫卡的書寫行為也許別無他意。對卡夫卡而言，一切詮釋性的意涵，或許都只能藉由矛盾與弔詭，藉由書寫所確認的細部準確，在選詞擇句中暫時形成。所存者，惟有艱難的書寫；化成字詞在他人視線中逐行游移的，是終於不再能夠修正的「遺稿」：某種朝向空心的自我剝露，顯現書寫者之不在場的終於被確定。

終於不再因此而掙扎，這竟然變成最重要的事了。愛人菲莉絲突然伸手，摘過卡夫卡的錶，三下兩下，將錶調準了，渾然無事還給他。這事嚇壞了卡夫卡，到了要解除婚約的程度。「你知道嗎？」卡夫卡問。恍惚像是走在夢裡，看通往河口的路上，一切一點一點又都井井有條了，他猜想：「我知道一些。」

如果你真的要聽

認為人們能夠在所謂「典型」的小鎮或村落中，發現社會、文明、大的宗教或其他什麼的本質（總結性的、簡單化的）這樣一種觀點，是明顯的胡言譫語。人們在小鎮或村落裡所發現的，只是小鎮或村落的生活。

——吉爾茲（Clifford Geertz），《文化的解釋》

不過博物館裡最好的一點是一切東西總待在原來的地方不動。誰也不挪移一下位置。你哪怕去十萬次，那個愛斯基摩人依舊剛捉到兩條魚；那些鳥依舊在往南飛；鹿依舊在水窪邊喝水，牠們的角依舊那麼美麗，牠們的腿依舊那麼又細又好看；還有那個裸露著乳房的印第安女人依舊在織同一條毯子。誰也不會改變模樣。惟一變的東西只是你自己。倒不一定是變老了什麼的。嚴格說來，倒不一定是這個。不過你反正改了些模樣，就是這麼回事。

——沙林傑（J.D. Salinger），《麥田捕手》

閃躲砂石車，走過漫長省道，在看得見高架軌道的地方左轉，努力走向遠方高鐵站。像走在一個重疊而各行其是的夢裡，看見腳邊這塊水田，稻子結穗了，空啤酒罐與寶特瓶漂在水間；另一塊田，意外開滿各色瑪格麗特花；家庭工廠拔地而起，等人高的鋁管向外噴注熱水；高麗菜田；種了一排矮樹樁，象徵性存在的公共綠地；豪華財神廟；列車從上方飛過，也許這是通過這狹長地帶惟一正確的方式。在每個路口參詳過馬路的法則，漸漸走進圍籬陣中，人行道磚時高時低，呈波浪狀，走在上面，像陸上行舟。突然一切風景皆撤去，一片荒草叢邊，一塊黑色東西與他狹路相逢。他費了一番功夫，才看出那果真是一頭狗的屍體。應該說，那曾經是一頭狗的屍體，只是牠實在死去太久了，被雨打過無數回，最終以側躺之姿，以僅存的一點骨肉皮，黏著在高低起伏的地磚上，自自然然，像時間的拓印。他確認，應該已經很久沒有人步行在這條路上了。人們都到哪裡去了呢？再抬頭，高架軌道依舊在上方，一切還是各行其是，而他確實有一種感覺，以為自己迷路了，此生都走不到車站了。

死者他不清楚，他猜想，應該是留在原地的，總成異鄉人：當一個人過世，那個仍持續的世界，在記得他的人看來，細節總隨他就地生疏了。清冷秋日，在中場休息時疏散，離開一場告別式，離開眼淚，與一幢四面臨風的透天厝，走筆直的田間巷。人群愈來愈小，聲音細細追上，但慢慢地，被巷邊溝渠的水聲，給滔滔蓋過了。停下看水，這一路奔湧的明渠似曾相識。感覺的記憶使他明白，當夜暗去，這一帶聽來，會恍如平野。夜暗，當一幢幢隨機冒起的房舍熄燈，躺在窗邊，會聽見鼓鼓蟲鳴蛙叫，隨夜霧透進屋內。當這麼一記起，才意識到兒時其實早就流遠了。應該是，留在原地的風景皆殘破，像停駐在記憶裡，不肯離去的知覺。走出田間巷，焚風撲面。左右皆不見盡頭的省道在眼前排開，砂石車轟隆隆接續駛過。

草莓汽水。屢試不爽，這樣寬闊的大馬路，總令他腦中立即閃過這四個字，連自己都無奈。其實是因為一位兒時的朋友，常隨開貨車的朋友父親南北奔波，總跟他們說起，在國道的某個交流道旁的某個休息站裡，大門進去靠左手邊這面牆的第幾架自動販賣機裡，有賣一種很好喝的草莓汽水。準確指位，也許誠然是孩童的抒情方式；無論如何，對鮮少離家遠到需要搭車的他們而言，準確，意味著那果真是極遠的地方，是以，那傳說中的草莓汽水，格外令他們感動。

這位兒時的朋友，在他們小學畢業後，也許是為了躲避國中義務教育（當時，他是認真這麼相信的），也許為了別的他如今仍無法以自己寥寥人生經驗，去猜透的原因，在那個夏天某日，和父親一起不見了。這麼描述，是最準確的說法了：總之，就是不見了。好長一段時間，遠遠長過朋友父親每一次運貨的旅程，他倆都沒有回來。

在山腳下的竹林旁，山路邊一塊墊高的地基上，還立著他們的房子；房子旁邊，用波浪板搭起的車棚裡，還停著一輛較小的發財車。坐在車棚留下的那一角空地上，可以躲雨，可聽見雨點叮咚打在上頭，看底下水流漫漶山路。當波浪板被風掀翻，發財車就地壞朽，土石流入門破窗，種子從屋內長出大樹，遠看像穿著一件外套那樣將房子抬起時，日日夜夜，這離棄的結果，猶以一種生猛的方式，在時間裡兀自生長，形成異境，對他而言。那是另一種形式的博物館嗎？缺乏變與不變的參照，但每路過一次，會明確知道，一切都改了些模樣，一點一點。

《麥田捕手》，霍頓弟弟艾利的死並不神祕，因小說初始，在艾利，與他那寫滿詩句的手套首次被描述後，霍頓緊接著說明，艾利「已經死了，是一九四六年七月十八日我們在緬因州的時候得白血病死的」。準確的時間、地點，以及「我們」。在敘事設計上，《麥田捕手》是一則由對死者的素樸哀思，所層疊的繁複故事。艾利的頭髮好紅，霍頓說。有多紅呢？是比方說，當你在綠油油的球場打高爾夫，會感覺他正騎車經過，停在後方一百五十碼處看你的那種紅。這種意識到「艾利在那」的既視感，似乎驅使霍頓在迷路那天，在紐約街上一眼望見，莫名買下那頂紅色獵人帽。這種既視感再經轉換，似乎又一次驅使霍頓刻意迷路，跑回紐約街頭晃蕩。疲累的一天過後，深夜，他獨自繞中央公園湖畔走一圈。確認湖上一隻鴨子也沒了，他靜靜坐在長椅上，戴著那頂紅色獵人帽，濕透冷透，想像「自己的」喪禮，以及「艾利的」墳墓：想像「我們」。

「確確實實兩次」，他說，當他們去探望艾利，墓地突然下雨了。那時，所有來憑弔的人奔跑起來，各自躲回車裡，聽廣播，聊著等下要去哪吃飯什麼的；將像艾利那樣的已死之人留在原地，任雨點不斷擊打他的墓碑，擊打「他肚皮上的荒草」。透過車窗玻璃，凝視雨中那片迷濛綠意，他說，這讓他受不了，真希望艾利不要像那樣一直躺在那裡（畢竟，艾利老弟，連鴨子都知道要神隱呢）。似乎，亦正是因為一個不斷抽換細節，持續收納他所有感知的既視場景，驅使他最後去找安多里尼先生。因為在愛爾敦・希爾斯中學，當他的同學詹姆士，借穿著他的窄領運動衫跳樓後，霍頓說明，詹姆士「已經死了，到處都是牙齒和血，沒有一個人敢走近他」；這時，正是這位安多里尼先生，走上前去，探測詹姆士的脈搏，當詹姆士還活著那樣，將大衣蓋在他身上，「把他一路抱到校醫室」，沒有任由他，像那樣一直躺在那裡。

種種情感與敘述邏輯相似，讀來就像從同一不忍逼視之內在場景，源源流出的細節，終於長成了「麥田捕手」這個素樸又繁複的意象。這多麼明白，是將死者「他」（戴著手套，鎮守外野的艾利），與生者「我」鎔鑄合一：以敘事中，死者的初始身影，在一行詩的故意誤用裡，倒錯成生者對自己將來的想像；彷彿這樣，就能「預防」時間之中，再更多並不神祕而生硬的墜落了。

沙林傑筆下的霍頓，如斯清晰具現一種易感的青春期人格：如此直觀地，將自我解離進特定他者的處境中；如此重複且執拗地，以斷片般的印象疊合與共構，解離線性時間裡的諸般理性體系。由此退一步，再看一次霍頓的內在既視場景，很容易發現他最執拗的願望竟始終不變，從來就是，一心要以私密的方式，去解離艾利的生死之別。在那些並不由「我記得」所帶起的，關於艾利的回憶裡，霍頓總直述艾利，彷彿剛剛才見過他一樣。霍頓從未提及艾利在罹患白血病後，必會經歷，且恐怕注定是無望的苦痛療程。如此天真爛漫的語調，被真正的孩子，菲比老妹一語戳破後（「艾利已經死啦——」菲比吼道），霍頓對這冷硬現實所做的退讓，仍是以「麥田捕手」這溫柔且不眠的怪物，這「我與艾利的共同體」，將所有孩子擋在界線的這一邊，是以無人可以僭越「我」的身後，也就依然，沒有界線之別。

在界線近鄰，「我」轉身回望，看向一個既視，不斷重複衝撞如兒戲的域內，線性時間裡的將來，已經由「我」自主取消了；或者說，將來對「我」而言，是科幻語境。也許因此，當那曾經在霍頓眼前，扶助死者如生的安多里尼先生，最後引述「一個不成熟男子的標記，是他願意為某種原因英勇地死去；一個成熟男子的標記，是他願意為某種原因謙卑地活著」這句精神分析師的話，還站著將話寫在紙上，交給霍頓時，霍頓明白他的善意，卻像聽見來自外太空的迢遙聲響一樣，「突然覺得他媽的疲倦極了」。不是因為這句話究竟有無道理，只是因為這句話，以霍頓刻意遮障在身後的廣漠「正確性」（世上大部分通過險境，具反省意義的箴言，當然都比勉強鑄成的「麥田捕手」還要端正，還要「對」），提示了霍頓的孤單；它又一次，赤裸裸標明了生死之別，用比菲比老妹說的，更難反駁的勻稱語式。只是因為，提取另一個語境裡的事理，對這個語境形成適切而濃縮的見解，從來，一直都是風暴過後的事了。

素樸與繁複：霍頓保留這張紙，帶在身上，靜靜將自己重置於迷宮的中心裡。最後，像隔窗觀望艾利墳時，又下雨了；像觀望湖面不再有生靈時，又在長椅上疲累坐倒；像橫奪艾利的視線時，又戴起那頂紅色的獵人帽，又像看向前方且回顧時，越過雨點，看見菲比老妹坐在旋轉木馬上，一圈圈空轉；一時就像留在原地，一時又不在了。這始終以腹語法則具現的疊合視角，霍頓心中積存的視覺印象，以相似性的部分殘影，被層層縮合在眼前，喚起所有，又混淆一切，讓一個連貫的意念被洗滌，讓一種新生的快樂被激揚。讓那個從小說初始，即被拖曳的既視感，終於在小說尾聲，被換取成空無；讓事事皆有意見的霍頓，此刻竟也無言，終於如身處無人之境（「他」不在那了），想著，懂得對一個景深遠超過一百五十碼的現實世界裡，可能的「你」當面呼喊：「老天爺，我真希望你當時也在場。」懂得具象展示孤獨及其所創造的，這當然也是風暴過後的事了。

當然可以說，這是一則關於療癒的故事：關於一個人，以個人方式重置死生之別，學會將苦痛與死亡，親手放流進生命雨瀑裡的故事。也許，對苦痛與死亡的記憶能行過多遠，生命畛域也才會真正有多寬闊，這需要大量運氣，與他人的善意。對應於一個可能並不總那麼友善待人的現實世界，《麥田捕手》，和所有作者立心良善的文學作品一樣，藉由其設計過，架疊起的虛擬結界，所刪削，一時保守於紙面的箴言（容或有的話），可能確實不過是：生命中的一切事關記憶，禁錮在其中，超脫亦在其中。

說是「刪削」，當然因為「真實生命太過巨大，你越是進入它的細節，它就更巨大一些」。真實生命的諸般細節，在涉事之人觀看與定義時，永遠指向層層環繞，繁複交替的意義體系，是以，他總以為，真實生命在本質上，是壓倒性地要讓人忘言的：你愈知情，你能與人溝通的就愈少。而作為一個修改經年，細心考量溝通策略的文學作品，《麥田捕手》當然是以有限細節賦格，造取穩定敘事路徑，它最多，只要求記性稍佳的讀者，有能力模擬霍頓記取與解離細節的方式，去記憶與解離文本細節，以一種同在感，穿越一個個慎謹打底，有限疊合的場景，感受作者已明確清整過的情感。邏輯上，作者就其敘事位置所表述的，是敘事治療後的結果，而非表面設計上的過程：多年以後，沙林傑終於發展出一則關於一個人龐然無序之真實生命的「替代故事」（李克爾：「未能全盤地作為我們生命的作者，我們學著成為自身故事的敘說者」），以「情節化」（emplotment）的擺置，邀集敘說認同，讓霍頓的思維，對理想的讀者而言恍然如真。

「如果你真的要聽」，刪修過後的《麥田捕手》，由此開始敘事。簡單說，在召喚理想讀者同感的層次，它可能和其他立意良善的小說作品一樣，體現了關於文學，一種令人銘感與敬重的能力：事關書寫技藝的超越性，小說往往以事過境遷的另一個語境，反向收納敘事治療諸多繁瑣歷程，直抵它的「被選中的讀者」：當我們能看懂虛構人物是如何在說他們的故事的，也許，我們會有機會看清楚關於自己生命的故事。這麼說來，未免有些太過精簡了，因為文學並非總是「為我」，如此閱讀，總難免讓詮釋單薄。然而，當思索特定文學作品，對特定讀者的及身性，確實可能，一種將苦痛指向虛構角色之內在訴說，再將苦痛藉由情節配置以漸漸外化，從而使角色（包法利夫人、杭柏特先生、霍頓，等等等等）在如此多殘缺，自我傷害與傷害他人後，仍然得以在一切經過後，以他作為「人」的質素，而得以為另一人（讀者）同感、憐憫或珍重的此種小說可能的基本核心關切，它索求感受的，或想以黏合復生的全副身軀悍然護衛的，誠然，並非樂園裡的孩童。

對應於不太理會人為情感返還，與正義需求的巨大真實，虛構體裁的真與偽，或說曖昧是：也許真的，它只對特定之人開放它的普遍性。很多年後，關於「麥田捕手」，他心中止不住，並因之悲傷的幽暗好奇是：不知道麥田裡，那些快樂的孩子們，對那站在界線上，一次次將他們抓回域內的巨靈，會有什麼感覺。

就像有時，當你穿出雜草叢，會一眼就看見她。你將看見她靠在高架軌道的支柱旁，用一把歪斜的黑傘罩住頭臉，身上掛著好多包袱，枯黃長髮披在腦後，直到腰際。因久未梳洗，頭髮整片凝結，形同枕頭加床墊。她就這樣執著站著，也讓四周一切都停止流動了。「我知道這不像話」，但挨近她時，你確實想告訴她，自己心中所想的：事情是這樣的，在告別式前，不眠的凌晨，你打開電視，看了《X檔案》影集重播。穆德探員和史卡利探員依舊面無表情，還沒有為滿足觀眾情感需求，而面無表情地戀愛。穆德依舊固著在「妹妹竟然被外星人綁架了」這件事上，穿著風衣，在冷透人間奔跑，尋找綁架者的影子。那集又有些眉目了，但最後穆德再次失望了，發現一切異相，與外星人無關，可能，只是因為生命界線兩端的企近感應，使將死之人，會在幻影中，看明白剛死之人。不知為何，近十年後，這件事才令你格外難忘。

你想說，是的，那當然並非是另一種形式的博物館。很多年後，當你想起那時，在某些百無聊賴的下午，你晃蕩到朋友的舊居，坐進雙門都已卸下的發財車裡，空轉著方向盤，耽看眼前恍如疊床架屋的超現實畫時，你明白，那一切無非僭越：有些景觀，是無意對人展陳的，特別，是對像你這樣，無力看懂環伺真實細節諸多線索的人而言。人生比文學難，你說，請保護我，讓我通過；或者讓我幫助妳，請告訴我，妳有沒有地方想去。

長行入夜

我就喜歡在霧裡。走了一半路，房子都看不見了。我只看見面前幾呎遠。我沒有遇到一個人的影子。看見的東西、聽見的聲音都像是假的，沒有一樣是本來面目。這就是我要的：一個人隻身單影在一個別的世界，一個真假不分、逃避現實的世界裡。走出港口，沿海灘走的那段路，霧和海銜接起來，我好像在海底走路，好像早就沉落大海，好像我是迷霧裡的鬼，而霧是海的鬼。做一個鬼中之鬼滿平安的：如果能不看人生的醜惡，誰樂意看呢？

——尤金·歐尼爾（Eugene O'Neill），

《長夜漫漫路迢迢》

你的心腸很好，你以為一直懷著慈悲心腸、替別人受罪是一件好事，但是待人溫柔體貼，不見得就是仁慈。對一個人溫柔、愛憐，卻正是對他施暴。有時候，為自己的利益著想，才是最仁慈的事。

這點你要想想。

你要想想，你是怎麼對待我的。不是，我是說想想看你自己要什麼。堅強一點。這樣，你就會回到我身邊來。

——庫許納（Tony Kushner），《美國天使》

但丁，《神曲》：在人生旅途半道上迷航的詩人，由鬼魂與神靈接引，遊歷地獄、煉獄和天堂，終於將願望與意志，如群星般「見旋於大愛」，而後復返人世的遊記。對他而言，這本書具體就像是地圖，適於索引與對照，卻難以記憶。使他印象較深的片段，描述的總是中介狀態（透納所說的liminality），如旅途中，但丁在告別維吉爾的亡靈，神清智明地飛升起來，進入聖林，抵達忘川後，遭遇神靈貝緹麗彩的場面。貝緹麗彩在花瓣雨，「哈利路亞」唱誦聲，與眾天使的簇擁下天降，成為但丁的第二位嚮導。多年來，他總十分不成材地，以動漫喜感，想像這個華麗出場及其大致後續。他記得的是，華麗的貝緹麗彩好嚴厲，祂喝斥但丁，將因維吉爾亡靈的啟發，重建一點自信的但丁嚇得手足無措，失能到恍如嬰孩。之後，在祂的導引下，但丁將一切智識砍掉重練，眼睛卻漸漸瞎了；他登上天堂的九重天外，在「最高天」見識了光輝燦爛的「天堂玫瑰」。一切實在太亮太亮了，光明到從第七重天起，就不再微笑的貝緹麗彩（因為祂怕但丁的眼睛，承受不住祂微笑時的光華。祂是真誠地擔憂，絕無搞笑意圖），竟一聲不吭就溶化在自己的光華裡不見了：比較起來，賈西亞・馬奎斯的美女瑞米迪娥，還是笨重的；她得乘飛行器離開。取而代之，長者貝爾納出現，導引但丁從光中生還。也許就由如斯溫厚的他，負責將彼時已眼花撩亂，神思到達極限，表達力的貧乏也到達頂點的但丁，送回那人生的半道上，繼續瞠目結舌。

這大概是神的丟包，他想像中，動漫喜感語境在孤峰頂的反轉：在某種如漫畫《火影忍者》的寫輪眼辰光裡，這人在療程中，被以神的規格重新結界，格式化後，仍被棄置回那片樹林裡，重新在餘生中，持續勉力摸索那些也許不會，或不再會有答案的本質性問題。正經地說，這似乎即是一種退轉的過程：一種在神寵中，個人被震顫成石的經歷。複雜地說，《神曲》對他而言，於是當然是一部必須忘卻之書：某些對本質性問題的答覆，果真如此只能作為現世的索引與參照，無法從光亮的霧中攜出，如被遺棄的自己那樣生還。在那片光亮的迷霧裡，但丁曾正面懇求嚮導，維吉爾亡靈，闡述「愛」的意義。維吉爾的答覆，大約將「愛」定義為心靈的「趨擺」，某種自由意志。獲得解答的但丁，心境也獲得澄明，沉睡了，作起意志奔馳之夢。對他而言，這當中藏存的悲傷是，這次問答與靜好的酣夢，發生在煉獄第四層平台，犯了懶惰罪之亡靈的滌淨場。但丁也許暗示：從話語中獲得解答，在個人幻夢中抒發自足，正是一種懶惰。因為不久，貝緹麗彩就要以非人的方式，聲明懶惰的詩人們都錯了：「愛」不是心靈向某物自由地「趨擺」；「愛」，是被無法言喻的光照，無可抵禦地擄獲。這當中不容自由，不容理性的思索與疏離。

也許，果真「受苦的人比較有趣」，如赫胥黎：「我能感同身受的，是他人的痛苦，而不是他人的快樂；很奇怪，快樂的人總顯得比較無趣。」多年後重看《神曲》，那些光亮的諭示，仍被封固，和好地自我反詰於靜默中，他的感想大致並無不同；倒是〈地獄〉篇章裡，變化多端的晦暗事物，帶給他新的感觸。大致說來，但丁的整座地獄，就像一座蓋在撒旦（狄斯）頭上的漏斗型大廈，這大廈用各樓各間囚室收容罪犯，用以填補撒旦和上帝間的最遠距離。猜想未來，將有非常久的時間，他會一直記得，在這幢大廈裡，自殺者，住在第七層第二圈：

他會跌入森林；著足之地
不容選擇；一切由命運擺布。
落地後，他開始發芽，一如麥粒，
成為萌蘗，再成為野樹一株。

那些不能安眠的亡靈，在幽暗中沙沙作響，在一個永恆的房間裡落地成林。每位路過者，都可以隨手摘折枝葉，讓他們淌血，痛苦；像他們傷害自己那樣，輕易傷害他們。樹林：這整部地圖之書，以場景疊合所索引出的新語意。那是瞠目結舌的但丁，迷途與復返之地：他在人生半道的舊地裡，有一個新的所見——之後的人生，必須從此奔亡，避免放任自己，「成為野樹一株」。

卡夫卡語境：每個人都可以突然伸手，摘過他身上的一點什麼。在人生之途，北美印第安部族，亦不相信人從話語中獲得的解答，能有多牢靠。教養剛愎自用的聰明兒子，父親並不婉言相勸，跳入無限辯證的煉獄裡。父親甚至不多說話，只暗暗召集同輩朋友，組成影子伏擊團。在樹林、河畔、荒野，在每處兒子落單的地方，這群喬裝成神魔鬼怪的歐吉桑，就突然從隱蔽處竄出，不由分說給兒子一陣痛打。一回，兩回，兒子憤怒、困惑，急切追索解套的可能。十回，二十回，兒子如卡夫卡的K一樣，放棄追問一切的因由了。他的視野內傾，為隨時可能發生的懲罰，推算出個人罪咎：會這樣受罰，必定因為我犯了什麼錯。在樹林、河畔、荒野，每個獨處的地方，他心中預期，那複數的父親們，那插鳥毛、戴面具、塗油彩的霸凌小丑團，就會從眼前，從身後，從一棵樹，從水面下，從大岩石，從各種不可能移動的物事中化出形影，奔跑而來，拖棍帶棒追擊他，又突然獸散，留一地鳥毛，和傷痕累累的自己。

躺倒於地，獨自聽風聲、水聲。時長日久，這真有一種滑稽感。於是再不反抗，即便自己正受毆，也彷彿有餘裕，在遠處默默觀看那樣的自己。寫輪眼辰光：有了一種距離，有了關於自我的全景敞視，甚至對那特為自己而生，緊緊追蹤自己的影子團，有了一種私密情感。如電影《竊聽風暴》裡，劇作家在民主降臨後，來到檔案館，調閱國家對自己的監控紀錄，突然間，對曾緊緊追隨自己，比愛人，比同志更執著於羅縷記憶私我細節的全知極峰，產生無法單方面譴責的複雜情愫。彷彿命如琴弦，當被強人撥彈時音色最美；彷彿這裡面真存在著具體鍛造，錘鍊，拳拳到肉，一框一格。有了一種關於時序的重新編整，聽著受毆的自己，如聽一一七報時台電腦，冷靜而有恆地交代：「十秒，嘟，下面音響，三點九分二十秒，嘟，下面音響，三點九分三十秒，嘟，下面音響……」

那聲音應該來自一個恆溫的房間。那些在自己肉身上，刻度時間之框格的聲音。那些聲音無限延長地架開自己一次呼吸，彷彿僅僅是那一次呼吸，就能夾藏一次無限大的時間流程。如《長阿含經・卷六》：亙古以來直至當下這一秒，是以一種循環接著循環的方式成就的，這個循環的單位，會漸漸膨脹，膨脹到最大處，再慢慢縮小回來，正如呼吸。當這循環單位等於我們理解的十年時，「女生五月便行嫁，是時世間酥油、石蜜、黑蜜諸甘味，不復聞名。」當這單位等於八萬年時，「女五百歲始行出嫁，時此大地坦然平整，無有溝壑丘墟荊棘，亦無蚊虻蛇蚖毒蟲，瓦石沙礫變成琉璃，人民熾盛，豐樂無極。」

時光自己也在奔亡，呼吸吐納，如移動的肉身。這位印第安兒子就這樣靜默地體悟了，這樣如同詩人一樣，最後一次從神打的鍛鍊中起身，明白一切都是一切的一部分，與總和的說明；這麼說來，因自己的一點能力而驕傲，也許真的並不恰當。兒子走出樹林，自己走回家。「回來啦。」父親坐在門檻上吸菸。「回來了。」兒子說，順手幫父親拂掉髮間殘存的鳥毛。

兒子成了好兒子，看上去愚魯許多。順利的話，沒被打壞的話。

人類受難史似乎在教導我們：人生惟愚魯可歸返。未來的神祇，好聰明的孔夫子，迷途自，復返回的小國，就叫做「魯」。鍾阿城：文人年輕時狂，瀟灑，好看；中年後狂，瘋癲，惹人厭；孔子老時也有些狂，但他的時代年輕。算一算，這位年輕時代裡的流浪教師，周遊列國十四年，重回魯境時，已經六十八歲了。周遊期間，他陷於匡，厄於宋，困在陳蔡之間，在鄭被比作喪家之犬，在衛拜南子遭到子路的懷疑與鄙視，終不受重用。像亡靈一樣倦遊歸來，魯哀公和季康子正面請教為政之道，千言萬語盡虛擲的孔子，說的結論大致是：讓好人出頭天，如此，壞人慢慢也會學好的。完畢。

聽話的人，大概覺得自己被諷刺了，交換一下眼色。哀公心道：「怎麼搞的？不是聽說孔丘最懂禮貌與修辭嗎？」季康子心眼多一點，他想：「你就總是太急著分好人壞人，所以一輩子瞎忙。」他們保持修養，客氣送孔子出宮。哀公問：「先生回國後，打算做何活計？」孔子扭扭脖子，說：「我打算徹底搞明白從唐堯虞舜以下，自有人類文明以來直到現在，此時，我所站的這裡，一切的禮樂遺規，也就是說，我想弄清楚，自有識以來，人們到底是怎麼彼此對待的。喔，這些都跟你我沒關係了，我這研究，是做給未來看的。」說完，頭也不回走了。望著孔子的背影，哀公與季康子歎歎氣，季康子說：「可憐，他悶瘋了。」

無人能理解孔子的視野裡有什麼，在那個年輕時代裡，尚未有人做過如此科幻的事：將個人心智所及，作為文明最蒼老處；把過往時光的結構一一卸下，憑個人願景重建，彷彿因此，即可大器地，將相對於過往而言，迢遙長遠許多的人類未來，都一路看小看幼稚了。他七十三歲病逝，人生中最末五年，大抵定居於洙泗之濱，變得執拗而難商量了。他闖入時間密林，孤絕專注於一種書寫志業，不事親善，在矮矮書案前盤腿，或跪坐著校準典籍，把神怪、戲謔、情愛一一逐出文字世界；把周天子硬擺回「巡狩河陽」裡。生命中，一長串年輕人路過了：長子死了，最喜愛的弟子死了，最願意跟他實話實說的弟子多活一些年歲，新近也慘死了。在他那個年輕時代裡，人們並不相信靈魂是不朽的。正道認知是：人死後，魂入天，魄入地，歸合天地之氣，不復有個別知覺。沒有輪迴，沒有轉世，沒有投胎，沒有循環，沒有遁脫，沒有墜墮，沒有碧落可上，沒有黃泉可下，沒有任何模糊的可能。就是沒有了。所以，泰山就這樣崩壞了嗎？梁柱就這樣摧折了嗎？哲人就這樣凋謝了嗎？對個人將臨之死，孔子這麼問。這個將時序鍛造成拱形，以自身立足地作為廣遠將來之最終點的書寫狂人，問的，其實是一個異常孩子氣的問題：當什麼人按掉房間的燈，躺在黑暗裡，孩子想：「以後的時間，都被我用完了？」

躺在黑暗裡。記憶中，今年白蟻出現得很晚：直到六月初，當他站在劇場門口，才終於看見牠們成群飛繞路燈，或貼上人們的皮膚，引來咒罵。其實，少有人知道，大概有兩億年那麼久了吧，在這顆偏斜行星上，白蟻藏存在生物鏈最底層，黑暗的腐土之中，不太安歇，卻寂靜無聲。每年，只有這樣一個時機，當偏斜導致季節變化，當上方下起悶雨，空氣被加溫到某個臨界點，一切實感都被栩栩復現時，白蟻就會記起，要像牠們先祖那樣，在極短時間裡，從自己背上催生出兩對翅，奮勇破土，如衝破壓力鍋蓋，以身體感應，全力往光亮的地方飛去。白蟻懼光，避世，全身綿軟易傷，沒有堪可自衛的甲殼。插翅之後，當牠們群聚在最光亮可見處，事實上是暴露在最大的危險中：泰半以上，牠們將成為群蟲與飛鳥的食物。牠們像品管不良的玩具，那不足一天老的對翅，好容易半空逕自脫落，使牠們仆街，掙扎著翻身不得。

世世代代，這奇妙的古老物種，總在半天裡源本復刻這孩子氣的飛姿，視「進化」如無物。每年，他看著這一切，猜想也許每一物種都有的，不可理喻的神祕性。不可理喻，因為這全身履險的舉動，大約不是個體能面對面諮商，就其目的與意義，去討論興廢的一種技藝。那比較像是一種「流」，是群體為求物種生存，將不及一對一教導與承襲的，強力綴整成行為模式，不由分說，無感封印在後繼者的基因裡。空氣與腐土的溫濕度契合，是絕對信號，開啟這封印，催促牠們離窩，生翅，騰空飛躍，惟有如此，這走不遠亦跑不快的物種，才有機會大規模繁殖與遷徙。奔赴可見的險境，於是成為這全盲物種以集體肉身，護庇這一求生願望的舉措。當這時機到來，牠們像進入深層催眠狀態：這是飛行，亦是夢中的潛泳。或者，也可能就牠們的身體感受而言，更像是空氣被雨梳理，凝結成液態的土壤，世界攤平了，是以牠們根本不覺自己正在攀升，反而更像是在向來熟悉的領域裡滑行；直到耗盡最後氣力，猶不知自己，已經離境了。

非洲某種優雅的大蝴蝶，容許異種的蝴蝶雜側跟隨，共同行動。當飛鳥來襲，覺知的大蝴蝶，會以祕密網絡，發送只有自己物種可解的訊號。於是，瞬間，所有大蝴蝶都知道要一起下潛，隱匿無蹤，光天化日，遺棄諸異種成靶。日本外海幸島上的猴群，撿食科學家放在沙地上的地瓜。第一隻母猴學會在食用前，先到附近溪流將地瓜清洗乾淨，牠發覺這樣有益健康，就教導其他猴子這麼做。當第一百隻猴子這麼做時，突然，網絡成形了：所有猴子，包括其他孤島和日本本土上的，再不需經過教導，就都會這麼做了。「自然」，可能真是漫長而殘酷的戰場，生之信息被重重編碼，在血脈中靜默傳遞，遙控且制約後繼者：起來，這麼做。是以，他敬畏充滿生機，如白蟻飛舞的曠野。像窺見事理反面，每年一度，對他而言，那屢屢在春夏之交鮮活復現的，同時亦是古老亡靈的夢境：世界其實始終就在的凶險，兩億年那樣久，一年一度那麼短，被牠們一代一代，嘗試夢得熟習而無礙。

敬畏的，說來簡明，是這樣一個悖論：愈新生者，承載與封印愈多古老的夢境。某些神祕主義者，嘗試以類科學修辭，證明這樣一個「實況」：每一位新生兒，在某種意義上，都是之前以往，所有一切時間共同的造物。疫苗，先祖吃下的海鮮，甚至是母親口腔裡一顆銀牙所發散的水銀，若無法代謝，就由新時代的孩子總體承接。所以，如同打轉的候鳥，如非線性進出時序的飛碟，新孩子體內形成私密的電磁迴路，神祕網絡，或富有時代徵兆的，應對三維環境的現實觀。他們之中，有古典悲劇意義下的正直受難者：某些善良的孩子，因這私密的電磁迴路，能直接而敏銳地承感他者深層的恐懼與苦痛。過往的時間，理應已逝去的世界對他們而言，於是從來就是如此即臨而迫近。是以，他們無法「正常」生活。

這莫不是，某種詮釋「代溝」是什麼的奇幻版說明？其中有種喜感，有時，他不免這麼想。然而，其中的末世意涵，確實令他悲傷：會不會有一天，世界因為太老太重了，果真再不能結存出能行動的人？不知為何，他總擔憂白蟻不再現蹤，夏日異常安靜不聞蟬鳴，如同螢火蟲對他而言已經罕見了，而蜂群已被預告，在他有生之年，將各自成為迷航的孤絕者，終爾離散，絕跡。

有些年，有些白蟻能更晚出現：中元普渡時，仍可見零餘脫隊者，在夜燈下，在供品上流浪，在線香燃盡時，擱淺在為鬼魂準備的洗臉盆裡，那是他兒時的印象。後來讀書，他讀到北海地帶，「廟普」曾有過的活絡社會功能。每年普渡前夜，廟方會在庭埕「豎燈篙」：以整支帶頭及尾葉的竹篙豎燈，「敬告諸神」及「普召孤魂」。這是一種邀請儀式：燈光所及範圍，所有孤魂都能安身，前來赴宴。每年，主事者必須衡量現時此刻，信徒人數及供養能力，決定燈篙高低與光照範圍，等於藉此，靜默確認與宣告此地經濟狀況。也許，和任何信仰活動一樣，這首先，仍是一種現世丈量。這一切靜默，對他而言依舊多義，是因為以一燈照亮空氣，人們竟就能簡單而如實地想像：那裡，那不可見處，即孤魂鬼雄現身處；那裡，祂們正與飛蟻野蟲一起飄飛，也同時受圈限。人們稱飛蟻日常居所為「蟻塚」，想像牠們如活在墳墓裡；人們想像飛蟻陪伴故去的流浪者，在沿海岸立起的孤燈底。時常他覺得，人類總嘗試以日常，以最「自然」的方式，既模糊，又節制死生之辯。這是一種十分獨特的能力。

嘗試將飄搖的「世代」之夢，活成日常時態。他以為，桑塔格恐怕還是對的：也許真的，每個世代都必須為它自己，重新建構「精神性」的計畫，目的在解決人生際遇中固有的，痛苦的結構性矛盾。這永遠的動態重啟，永遠的，辨識與承受之前以往，一切時間殘骸的現世作為。就他所知，即便是在想像中，應距現時此刻最遠的考古研究，也已經被離他最近的那個世代，重置出一種一切只本於物質基礎的平和感。

晚近宗教史學，以接近摩爾的虛構權力論，理性探究人們為什麼會「相信鬼魂」：人們討論及創作「鬼」，並使他人也相信這些形象與故事，是為了離析出一個概念化的世界，而當這個世界與現世疊映時，會產生特定的現世功能。簡單說：一代一代人的「精神性」計畫，由此看來，反向地，具體呈現在一代一代「鬼計畫」的不同中。對大多數人而言，相信人死後有另一種概念化的存在狀況，是「必須的」。死者成為「鬼」，基本上是社會必須將其成員，安放在一個恰當的概念裡，以作為現世社會的保護者，和合法性根源。同時，在私密的層次，這亦是一種離棄的宣示：他們不希望死者，再能輕易回到多憂的人世裡來，干涉人事。

也許因此，當宗教在中國，漸漸形成較完整的現世系統，一種複製自現實世界社會結構的信仰等級體系時，群鬼就現影了：有死後回家作祟的父母，祖父母，有善於偽裝為人子弟的鬼（《呂氏春秋》），有三年後回來獵殺周宣王的杜伯（《墨子閒詁》），有與人女同居，自稱是「上帝子」的鬼；有會變動物形的人鬼；有會變人形的物魅；有夜哭的鬼；有原因不明，但喜歡站在路邊罵人的鬼。這些鬼魅並不一定含冤待雪，但當他們出現時，無論如何已擾亂了一個原本潔淨有序的現實世界。這明白暗示著：這個世界原本沒有問題，倘若鬼不復返，物不生魅。歷史之中，那也許，真是一個較直來直往的年輕時代：人們以為，人的不足，不是道德或本性的問題，而是實際力量的問題；若人能駕馭的力量很大，則神亦可以被殺（睡虎地秦《日書》及《周禮》）。

「神鬼可殺」的想法，呈現出一種對天人相應式宇宙秩序的簡明信任。這種宇宙觀的主題是，人的命運，和某些自然系統有一對一的關係，主要根據時間或方位而成立一自然系統。由於宇宙的運作是本於各種時間和方位的系統，而這些系統又可能為人所知，人就可以經由選擇一套較有利的系統，來設法改變人的命運。有了這樣的社會性共識，有了一個基本上愉快無憂，完全依現世社會結構複製的「死後世界」，於是中國歷史中，第一位死後復活的人類，記載於天水放馬灘秦簡中的丹就「誕生」了：死後三年，丹從墳墓裡爬出，身體功能與「生前」無異，只是虛弱許多，又花了數年，才恢復元氣，彷彿只是出差遠行了一趟，或生了一場病。所以，之中的平淡輕盈，是可以理解的：沒有人會想問，所以在那「死去」的三年裡，丹看到，或夢見了什麼？

躺在黑暗的墳墓裡。關於「見證」，在許多與時間有關的，也許並無深意的注腳中，他特別記得的一個是：莎士比亞和伽利略生於同一年。他想像他們同時成長，學習，各自在言說中，確立對自己有意義的世界。當一個人解開星體運行的奧祕，並差點為之殉身之際，另一位，已在渾然不知地球竟成天打轉的鎮靜中，完成三十八部劇作，並告別人世。他在劇作中，描繪的義大利城邦，充滿魔力的小島，仲夏夜的森林，所有一切魅幻的想像，事實上，是在一種中世紀式的，深信地球悍然中立與不動的注視中完成的。所有繽紛細節，均受此不變的視角招喚。他的寫作在核心深處，與他對這世界的自然構造，存在著多少「正確」的認識無關：生在後世，納博科夫必然比莎士比亞，更能憑常識，洞視這個世界亙古不變的實然，但莎士比亞，依舊能以其對世界「傾斜」的體認，為博學強記的納博科夫帶來驚奇。當納博科夫獨斷地嘲諷戲劇，稱戲劇這門藝術總體說來，不過是一種「帶著石器時代儀式的風味及社區性的愚蠢無聊」的「原始墮落的表現形式」時，不忘另加但書，稱讚莎士比亞是戲劇史中惟一例外的「天才」。

作為劇作家，「天才」莎士比亞，其實是充滿與現世協商的意願與耐心的。那也許是因為：面向社會大眾，意在實際展演的戲劇創作，在本質上，與時代現況多所牽連。也於是，在表達上，戲劇創作總顯得折衷甚多，更顧慮效用問題。特別是就觀眾已形成觀演傳統與預期的商業劇場而言，作者私人創新，更深沉地藏存在戲劇的「公眾性」裡。問題的癥結，在於只有一種共用的語言層級：在傳統與預期所形塑「公眾性」的統攝下，有意創新的劇作者，首先，必須使用與對立於他的平庸劇作，相似的表達與陳述風格，否則，他無法反對他所想要反對的。

於是，莎士比亞在戲劇中，具體的創新，對他而言，很務實地，首先變成一種對熟成語言的重新延展，而不是凝鍊的濃縮，如此，語言才有可能重獲活力，連結更多的現實。其次，在這樣的邏輯下，對語言的戲劇式使用，有了其結構式的目的：語言必須鋪陳，必須可能展示，必須能夠攜帶細節，必須牽結，必須在內部相互援引與彼此支撐，以此，架構一個拒絕被「簡化」的文本世界。因為，這是在抗拒平庸的同時，亦能被觀眾，以其預期和傳統簡單吸收的惟一可能。

「傾斜」：逸出「我們」對這個世界，筆直的認知。如此，去想像也許真共同承接了時代信息的「同代人」，他仍以為，鄂蘭說得最明白：「一個時代的印記，常常是烙在那些最少受它影響，距離它最遙遠，卻也因此吃盡了苦頭的人身上。」一種必要且自覺的疏離；一種安靜而深入的反叛。也許，一種把自己生而為人的實際細節，與對此的思索，隱身在一個時代對於「作者」的普同概念下，而後發出自己聲音的決心。鄂蘭以此，評述光譜般紛錯的一整代作者，定義他們對自己所處時代的「生疏」（inexperience），如何讓他們受苦，以及如何「准允他們去寫作自己的作品」。並且，特別是以班雅明為例，鄂蘭定義，到了最極端的狀態，像這類「獨具一格」的作者，縱使在活著之時，「通常已在同儕之間獲得了最高的認同」，然而，他們真正獲致的大名，必然是在他們死後，因為：「他們的作品既非現存的等級可以安排，也沒有另闢蹊徑而讓自己成為未來的類型。」

也許，對世界而言，他們是最初與最後的撞擊。他們的「生疏」與他們如此即臨與相關，於是，當這成為一種最剝除自我，最真切的表達時，他們的表達，不可能與我們無關。他們是依於我們對俗成事物之常識的一種反作用力。他們有能力，或正設法，以我們能夠理解事物的「惟一」一種方式，來到我們面前，為我們所理解，而我們甚至不需要知道作為一個曾經活過的人，他們具體地說，究竟是什麼樣子的。不是作為一個真正的活人而活。根據鄂蘭，這幾乎就是所謂「現代天才」，最特異的社會意涵了：從出生開始，他們加速遠去，卻並無所謂離不離境，因為時間密林無可脫離。

生死疲勞。想像篙燈光照的範圍；想像其中動靜；想像奔亡的時間，發出一種沙沙的哀鳴：那些被片刻神寵給擄獲的孩子們，以自己能徵斂的最好形影，倖存下來了，乘著各自的飛行器，將未來，錘鍊成個人，向著那永恆一刻復歸的銀河鐵道。據說邊界是為移動者而設的，對恆靜者而言，「距離」這概念不存在。據說惟有至人，才能直觀看透量子物理描繪的增熵世界：一個房間裡的潔整，對千絲萬縷與之關聯的房外世界而言，是更深更重的混亂。道路基本上，果真如在霧中，對遠非至人的他而言，在人生中的每一刻，恐怕都將是如此。不過這不重要。想像篙燈曳影在白蟻飛舞的曠野上，比起至人狀態，十年來，有件事更令他好奇，使他猜想著：在《神曲》裡，那需要嚮導才能前往的閉鎖地獄裡，怎會時常有「路過者」，去摘折枝葉呢？

多希望諸神垂憐，不會排班在花瓣雨和歌聲中華麗天降，只為了去做這件事。

暗房

這件事我記得一清二楚，事情很簡單，沒有不相干的細節。晚上八點，伊雷內在自己房裡織毛衣。突然，我想點火燒水，沏壺馬黛茶。我沿著走廊，走到半掩的櫟樹門前，朝廚房方向拐去，聽見飯廳或圖書室裡有動靜。聲音很輕，聽不太清，好像椅子倒在地毯上，或是有人竊竊私語。與此同時，或一秒鐘後，我聽見走廊盡頭也有聲音，走廊串聯那些房間，延伸至櫟樹門。我趕緊向門衝去，用身體把它撞上。幸好，門鑰匙插在我們這半邊，保險起見，我把大插銷也插上了。

我走進廚房，把水燒開，端著茶盤走回房間，對伊雷內說：

「我鎖上了走廊門。後面被占了。」

她放下手上的活，疲憊的眼神嚴肅地盯著我：

「真的嗎？」

我點點頭。

「這麼說，」她重新拿回針線，「我們得住在這半邊了。」

我小心翼翼地品馬黛茶，她過了好一會兒才接著織。我記得她織的是一件灰色坎肩，那件坎肩我喜歡。

——科塔薩爾（Julio Cortazar），〈被占的宅子〉

在一般人的日常生活中，經常會有長時間沒做出什麼值得讓人記憶的事，這是他傳記中技術性但不活躍的部分。除非發生嚴重的個人意外或目睹凶殺案，才會在這些沉悶的時段中建立關鍵時刻，在自己與別人回顧他的生平時占有一席之地。

——高夫曼（Erving Goffman），《汙名》

茨普金的《巴登夏日》，用對杜斯妥也夫斯基的珍愛與史料考據，重建了這一切：這個夏天，在巴登，杜氏像個勤奮的公務員，每天起早趕晚，跟太太安娜要錢，或典當安娜的首飾，然後去賭博。賭場在車站大樓的二樓，假如是要到了錢，直接從家裡出發前往賭場的話，杜氏就會特意放小步距，放慢腳步，以確保從家門口到車站大樓，他正好走了一四五七步。這是他個人小小的迷信，因為「走這些步最容易贏」；因為這個數字如此特別：尾數是七，且各個數字總和為十七——又是一個以七作結的質數。這樣，他就好像把某種龐大的渾沌，給踏實得完整而純粹，讓自己顯得勝券在握了。他那熱切如焚的夢想，也就好像有了實現的依據：他總想著，總有那麼一次，在賭桌上，輪盤前，他將會大贏，如此，他就能將這許許多多他所愛之人，一舉救出貧與病的循環泥淖。

安娜有時會站在窗邊，目送丈夫出門，看他一路上低著頭，雕刻時光一樣，獨自緩緩慢慢，邁開拘謹的步伐，像走在一個過於認真的夢裡頭。她知道他大概又會將錢輸光，但那對她而言，其實不太要緊。有時，他也會帶著在車站買的棗子、葡萄，或天啊是一束鮮花回來，笑容滿面，親親愛愛獻給她。這表示他今天小贏了一些錢，不過轉手就差不多又花光了。這表示她的一枝珍藏多年的胸針，經過這男人的手，被兌換成夏日客居中，一束幾日後就將凋零的花，除此之外，幾無剩餘地返還給她。然而，她認為，這些都只是表面看來如此，因為她相信，所有這些返還，同樣也都表示著他真摯的奮鬥與關愛：他像從遠方，小心翼翼，無比艱難地捧來一小杯水，帶回無望而乾渴的他們的日常，告知她說，這是個好預兆，蒙主垂憐，天降甘霖的日子將要不遠了。

永遠還有希望。他總像是在以一種極盡耗損的方式拆卸眼前一切；將一切經過他的靜景，尋常時刻，可用於無語珍藏的小物件，全都焚煉成易朽如生的獻禮，一如他的那些鮮活濃烈的話語。這就是他：這個矮小多病痛的身軀，不知是以如何的核心，在驅策意念與行動，使他能在無望日常的縫隙間，一次次激起對將來的熱望，使他敢於一次次跟虛空博弈。在熱望中，他是絕不瞻前顧後，絕對百折不撓的；然而，也是在同等熱望裡，他總顯得如此極度脆弱，如此不堪一擊。非此即彼，如此高燒耗能，如此絲毫不懈地活在緊繃中的心力，人們無法假擬，也絕難模仿。其實是在這個意義上，他才像個特別真摯的孩童，總對神祕事理，賦與全盤不理性的，單純的信任。她差不多應該，也願意接受：除了寫作的書案外，賭桌上，輪盤邊，就是最適合他的位置了。她差不多，是現存的這整個人世間，最能理解他的一個人了。這並非因為她是他的速記員，負責將他從虛空中召喚出來的話語，排比成文字，且多次清繕——作為作品尚在顛簸試誤之時，即在場的讀者，她因之而對這位作者著迷，全然敬佩，而後傾心愛慕；而主要是因為在她終究成為這位作者的妻子之後，她恍然發現，這位作者其實無比真實地，活在一個與他所創造的虛構世界，語境及情感濃度皆如此高度相似的世界裡。有時，在與他共同的生活中，在被這相似性極度魅惑，且被他激起如同閱讀他的作品那刻，相似的情感時，她也其實分不清楚，是哪個創生了哪個。

是的，他同時既是無比強韌，也是無比脆弱的；既是無比真摯，也是無比戲劇化的。他整個就是他作品中會出現的人物；或者該說：他在他自己的生命中，也就是那位顛簸試誤，格外奮鬥地想覓出適切通徑的作者。所以，當她有時站在窗邊，看他以如此自我規訓的姿態，走在一個避暑勝地時，在通過一切眩迷敬愛，與種種令她百感交集的感受後，她所強烈覺知的，很奇妙複雜，但仔細想想，卻似乎又是如此簡潔且必然：她總不由自主，對這背影，產生一種悲憫的感覺，就像他本人，如此鮮活就是他的虛構作品，所要傳達的一個真切主題一樣。

悲憫，是的，像看見一個樂觀的孩子，每次都這麼滿懷期待地，一次次走進一個注定要令他失望的世界裡。她當然為他高興，因為每次出發時，他都如此快樂；並且，對於這快樂的體察，總隱隱而相對地，讓她明白眼前這世界，對他們而言基本上是無望的這個簡單事實。所以這一切可能其實真的都不要緊了：再一件首飾，再一套衣服，她照顧他，支持著他想要照顧大家的夢想。她彷彿是看著他，或陪著他，在像完成自己作品那樣完成自己的生命，她且隨他的邀舞，而激發出自己意料之外的氣力。所以很多年後，在他臨終前刻，她尚且能無比振作地照顧他，並為他照料好一撥撥來探視他的人。這裡面有畫家，有寫作者，他們為這個他生命中最後的場景妥善留影，記錄，像同心協力，依照他的口述，完成了一部作品的結局。所有這些，她都已能面對與處理。多年以來，她惟一不能妥善應對的，是他時常強烈湧生的羞愧與自譴。大約因為，在一切邀舞的表述中，只有領舞者的自責，最不容舞伴，保守一點置身事外的清明與餘裕。

她的費佳輸光了錢，空手回來了。在她面前，他突然跪下，呼喊，企求她的原諒。她想躲避到一旁，他躍起，用拳頭砸牆，並猛撞自己的頭。「她看在眼裡，不知為什麼覺得他好像是故意在演一齣鬧劇，差點沒笑出來，可是她不能笑，那樣他會鬧得更凶」；她靠近，試圖勸慰他。來不及了，他認定她果真是在嘲笑他，於是更奮力捶牆，想讓所有人都聽見這喧鬧，因為「他要她明白他為什麼如此痛苦地乞求她的原諒」。他加意喧譁，滿屋子跑，因為他覺得她害怕，且為這樣的他感到羞恥了，所以他要「讓她不白為他羞恥一回」。他喊著要跳窗。她衝上前摟住他，盡最大的力氣安撫他，直到他像要傾訴所有痛苦那樣，在她懷中大哭了起來。她幫他擦眼淚，扶他上床，為他蓋被子，輕輕哄著他，同時，「一種如疾病般的發作，她不禁心疼起來，心中充滿了對他深深的責任感，就像母親對孩子的那種感情」。

是的，在這客居且自耗的暗房裡，帶領著他們，重複在無望中昇華的最遠視角總是：她「必須」看待他，像看待一名孩子；這將會是一種她必得終身不斷要求自我去修復，且也因此，將她牢牢牽繫在他身旁的能力——他們憑此，復原彼此。此時，費佳即將進入平靜的、深沉的睡眠中。他感到平靜了，因為人皆如此：倘若一個人有勇氣表達深處的情感，且還知道他不會被批判，他的內心就會隨表達重組，而正是這個隨表達重組的過程，再次給他帶來平靜。不拒絕他，不視他為可恥的怪物，正是安娜能給他帶來的最大安慰，而遠非安娜喃喃說著的各種勸慰之詞；這也許，亦正是在他進門伊始，在所有那些暴烈言行下，他所怯怯在祈求的事。他會感到平靜，同時也是因為那個「隨表達重組」的過程，如此接近創作本身：也許，在內心最晦暗的一角，他將要反覆不斷地，藉由企求，藉由重新確認安娜的全心信任，與從不拒絕，來進入安眠；來在眠夢中，再次修復他對世界的信任與期盼：永遠不是意念或行動，而是一個人難以自抑的潛意識，深刻改寫，與創作了這個在可見的漫長時光中，與他牽繫在一起的另一人，伴侶。

此時的安娜，仍在床邊陪伴著進入酣眠，進入潛意識以它的強力無語，全面掌控的夢之國度的費佳。她當然無法不意識到自己正在被強力改寫，被既親暱，某種意義上也既疏遠地，創作成了「母親」，這個她在真實人生中，曾短暫當過的角色。然而，當她以和厚愛意，將這個被費佳激起驚嚇、恐懼與哀憐的整個過程，也當作是費佳對她，再次交託全然與難能可貴的信任之時，她其實亦是透過費佳對她的信任，獲得了平靜，重新鼓起勇氣，重新敢於張望這個世界。這也許，正是這個因愛而起的「責任感」的深沉要求：如果費佳信任她，她就有責任要信任這個世界。

簡單說：在貧與病交加循環的，這個客居的暗房裡，一個敏銳且穿透力十足的心靈，和一個無保留去惜愛的善良人格，正在無法不令人悲憫地，用相當於一個基本上無望的世界本質那般黝黑、晦暗，有時不無卑瑣的方式，激烈地，不斷地，要求彼此充滿尊嚴，抬頭去期盼。在眠夢中，這個敏銳的心靈，杜氏，正在重省這個過程，將一切，悄悄放進永久記憶裡的某些恰當位置，直到他醒來，直到這些省思以另一種形式出現，直到他能以此形式為新的出發點，將省思用話語再次贖還為止。那並非虛構場域和真實場域間，兩方輕巧挪用，而是一件更艱難，更百般刁難自己且全面徵斂之事：在一個以全副存有結界成的暗房裡，他難以自抑，在卑瑣試誤中不懈尋索的意義，確實接近尼采也在追索的：相信「未來即將發生的意義，應該會在生活中懵懂的此刻，射入一道光線」，而惟有敢於抬頭之人，有望得以窺見。

於是，在基本上無望的現實中，永不放棄去期盼這道光線，對杜氏而言，確乎就是作者深沉的責任了。於是他那樣強力邀舞，無可自抑地企求安娜參與，同時也在安娜的參與中，一次次可鄙地修復自我，重新渾然無事地，走在龐然渾沌中。這大概是茨普金以無比珍愛，也只能藉由純粹的珍愛，去復原的杜氏全圖：杜氏「必須」活得像自己的作品，才有可能繼續活下去。

安娜當然無條件支持丈夫活下去。現在，這位既偉大又卑瑣，既強韌又脆弱的作者，短暫進入無夢的深眠了；現在安娜起身，再度開始她孤獨的活動：寫日記記錄丈夫，記沒什麼可記的帳，在回憶中，盤點日漸稀少的首飾和衣物，並計畫明日，該如何應對房東和女僕。因為付不出錢來，帳單愈積愈多，房東和女僕的臉色開始不好看了。她懷疑這個在屋裡出出入入的女僕偷東西，她有這種感覺。她立即勉力想要驅散這種感覺：她知道自己得要小心克制各種無由感應，各種恐慌心情，甚至是各種些些微微的幻聽、幻視與幻觸。在這段形同幽居的度假時光裡，這實在是最需要小心提防的事了。這段度假時光形同幽居，當然，因為丈夫基本上除了賭場，哪裡也不去之外，還因為這避暑勝地擠滿了丈夫口中的偽君子，懦夫，卑鄙的猶太人等。壞兆頭：彷彿一時之間，丈夫的敵人全都聚在一起，共同阻撓他將要經由放手一搏，所翻盤贏取的大好運了。所以出門是不太必要了，遑論可用以消遣的社交活動。

所以在她站在窗邊，目送丈夫出門之後，這一日除了等待可能的鮮花，或自毀的丈夫之外，基本上沒有大事了。所以，她格外勤奮地寫日記，格外嚴謹地設定自己的作息，彷彿不這麼做，時間就會失去線索，難以計量，整個在她眼前崩壞了。她慷慨回應丈夫對典當物的需索，看那些應該就是永遠贖不回的衣物與首飾，穿過她亦不知道坐落位址的街巷，四散在這個度假地裡——幸好，只有她能辨識，這些東西曾屬於她所有。她對丈夫十分慷慨，二話不說，然而，對於房東或女僕帶到她面前，要她決定的每個尋常選擇，她總是想了又想，再三斟酌。她十分珍惜每個該由自己做的決定，即便再小，她也十分珍惜，因為這樣可以讓她的心思動一下，讓她暫時忽略，這種正被無邊無際的什麼，給瞪視著的感受。雖然她一開始就知道了，女僕和房東很快也就都知道了：她總是選擇，那所費最少的。

有時，她就對鏡而坐，審視自己思考的模樣，這只是一種重複的儀容檢查，她知道，心靈毀壞的初徵，總是顯現在臉上。所有這些重複，支持著她。她照著鏡子，想像現在，丈夫在輪盤前思索的樣子：嘴緊抿，或像正咀嚼著什麼，大鬍子隨下巴抽動，像正審酌一個困難的句子。所有的這些不確定，這吸引著丈夫全神投入的張力，這卻正是她以所有可以重複去做的例行公事，堡壘般環繞，或重建起的生活中，她個人最不需要的了。是這麼一想時，她恍然明白，自己原來根本就不認為丈夫會贏得一大筆錢，得勝歸來，終結他們目前這樣的生活。這與她對丈夫的觀感無關，她仍是全心信任丈夫的。只是，她發現她的整個生活，沒有傾靠向這種不確定的可能：那其實，才是一種深切的自毀——對這樣活著的丈夫，與這樣陪伴他活著的自己而言。

她根本難以想像，那個所謂的「一大筆錢」，具體而言，是如何的樣態。是金幣嗎？會不會很重呢？倘若是這樣，那樣虛弱的丈夫要如何一個人搬動，且大步跨過那一四五七步路，奔跑回來親獻給她呢？那麼倘若他是由人幫著，把那「一大筆錢」都取回來好了，是夜，他們就要把這堆金幣，都堆在這整個夏天，每天每天，總有這裡或那裡短少了點什麼，於是日漸空曠的暗房，於是他們就這麼安心睡去嗎？那個據說有著扁臉與招風耳，總在賭場推撞丈夫，著意羞辱丈夫的義大利人，還有賭場那些無所不在，充滿惡意的陌生人怎能饒過丈夫呢？女僕怎麼說，房東怎麼說，還有所有那些丈夫的敵人怎麼說？然後，天啊，天一亮，丈夫一定就要揣著當條，衝街撞巷，把她一整個夏天，散落在各處的衣物首飾全贖回來了。他會需要僱上一輛車的。那會是一個如何的景象呢？看見的人一定會以為，她現在是裸著身體，在家裡等候他贖當的。

她笑了。但她幾乎是立即從鏡中抹去這點笑容，並格外提醒自己，別在某些時候，在丈夫面前，露出了這樣的笑容。她真的，盼望丈夫還是帶一束鮮花給她好了，這樣丈夫的步伐輕盈些，而她也比較知道該如何就地自處：總而言之，在這個日漸稀薄的，被大量疲憊所包容的暗房裡。她將這點感想，寫進了日記裡。日記是以速記的符號和暗語寫成的，有些地方除非本人，絕難破譯。這不是出於害羞，或想隱藏什麼，而只是她個人日常的習慣使然。她就以這樣超乎常人的書寫速度，快捷又縝密地穿過一個個無事可記的日子。就像以光速，絲毫不懈地在荒原上奔跑，足足跑了一整個夏天。於是無事可做的幽居，就這麼細細密密，無盡拉長了，像黃金延展成的，細過髮絲的一條線。

窗裡，窗外，真的都是一片荒原，對這麼書寫的安娜而言。彼時，整個歐洲正進入最後的太平年代裡，心理學剛剛被想像出來，而窗外，另一位數著自己步伐走路的焦慮者，尼采，好駭異地發覺，人是惟一會感到「無聊」的生物。在接下來的十年裡，他將寫下九份自傳草稿，探索這同一問題：我如何成為現在的我。這是他的個體核分裂實驗，他想看語言，那比思想更快捷而活躍的語言，會將自己變成如何的人；他想將自己分裂成無數個內在的世界史舞台，成為探險家，揚帆行遍那個名字叫做「人」的內在世界，直抵他所謂的「命運之愛」。

這時，安娜寫完日記了，她拋下所有這些將成史料的話語。憑著不勞破譯的愛，她很高興丈夫要她去信任的世界又一日，站在她和確定性這邊，而不站在她親愛的丈夫，和他所期盼的不確定性那邊。在這個被黑暗侵占的房舍，她就這麼迎接杜斯妥也夫斯基歸來。

卷二

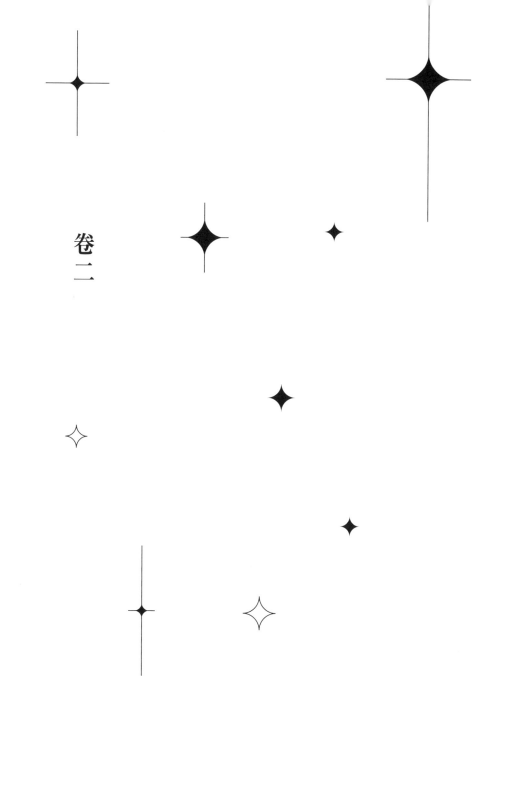

謎與朋友

必須非常成熟才能理解，我們所捍衛的主張只是我們比較喜歡的假設，它必然是不完美的，多半是過渡性的，只有非常狹隘的人才會把它當成某個確信之事或真理。對某個朋友的忠誠和對某種信念的幼稚忠誠相反，前者是一種美德，或許是唯一的，最後的美德。

——昆德拉（Milan Kundera），《相遇》

這天早晨從其他農場來了些孩童，要看宰殺的場面。這些鄉下孩童是很喜歡看宰殺牲畜的。那頭小牛獨自站在田野一會兒，站在陽光下，陽光亮得像是從無雲的白日、新出生的世界中照下來的一樣。孩子們推擠著要用手臂去摟住牠的脖子，把彼此推開，爭著要靠近這隻平靜又微微有些心不在焉、在青草和幾棵金鳳花和蒲公英中間等待的動物。女孩也把手臂摟著牠的脖子。她的臉上可以感覺到重重的呼吸，但這條小牛卻動也不動，甚至連尾巴也不揮動。

「你要死了，活不過十分鐘了，你想想看，」她小聲在牠耳邊說，「你知道你剩下多麼少的時間嗎？」

小牛微微噴著鼻氣。

——博格森（Gudbergur Bergsson），《天鵝之翼》

很久以前，他常去那處海邊，坐到日落以後。夕陽整個落進海裡，總是一件很快的事；而當餘暉也緩慢收去，天暗下時，他回頭，從左後方仰望上去，會看見燈塔。燈塔早成古蹟，都不燈塔了。只是，它漆成白色的塔身，在夜裡，不再溶入一片明晃中，反而，從無光的所在被襯出，在他眼中，總像一堵站在近處的厚實身影。不，並非真是「無光的所在」，其實，若久坐，習慣了夜，會發現海岸是無法完全暗去的。星與月依稀照明，使海潮翻湧出一種亮度，這樣來到他面前，沿岸碎去。他盤腿坐在沙堆上，面前，是一排排竹編圍籬：更久以前，人們用這些竹圍，來阻緩風沙的侵蝕力，讓後方作物，有靜好生長的可能。這確實比看起來有效，坐在這樣掩體中，受到庇護的他，可以為之證明：竹圍以其天然的柔韌，將沙粒輕輕，層層攔下，甚至，它可能還濾過海風的鹽分，使撲面的聲息，不知怎的，格外清澈，甚至是溫暖。只是，當時的他，也自以為見證了，或空想著這樣一個簡單事實：海風不息，圍籬也在，只是，設下這一切，在海濱雕塑出這樣線條，柔韌隔離出一無風地帶的人們，和他們的田園，已經和他們提防的沙粒一樣，共同像是一個被從中折斷的巨大沙漏裡，那些細小的顆粒，呼呼通過時間，篩過瓶頸，向一更巨大的場外奔散了。

時間是風稜石和風剪樹。不，時間只是石和樹，被磨蝕與剪裁掉的那部分。那部分已經不存在了。海濱對他而言，真的像以其細瑣和邊緣位置，證明那過於巨大，難以肉眼計量的什麼，已紛紛揚揚都挨身通過了。當時的他，直覺如此。有時，海濱之中，那肉眼可見，可觸可感的荒廢事物，在想像中，都像拖曳了過長光影，終於墜落於此的證物。他想像在過往，那樣一個可能的春或夏，這群對他而言，面孔並不清晰的人們，去那樣一處山腰砍下一根根竹子，這樣運回這難以生養的惡地；這樣製作、編造起這些竹園。在新起好那天，休憩的傍晚，他們看著沙地上，那還新，還鮮活的人造竹林；那樣地，在風吹起時，帶來清脆潤澤的信息。那想必是快樂的，這樣那樣，他們一起搬挪一個好寬闊世界的小小一角，驅動樹林，行舟陸上，來庇護他們自己的小小田園。那流光之路，那氣息聲響，也許，並不真的難以書寫。困難的地方，對他而言，其實明確也簡單：他發現自己，始終無法直視，與細節描述他們的臉與身體；無法不在心裡，緊緊意識到，那巨大而難以計量的什麼，還在緩慢而持續地，從他們輪廓裡穿身而過。那使得一種簡直可以，該當就是簡單去白描的舒適，對他而言，脆弱到難以悍然棄時間如遺。

他無法不去想像，焚星將要墜落惡地。當他張眼描述他們，他們只好面無表情，沒有身體，一個一個，像是在夜暗之中，被鬆白的扁平反光體，折散遙遠的餘光。那時，他不免這麼想著：在過於空曠的視角中，那些曾平緩他的餘光，會不會，在某種意義上，同時也是某種魔鏡的碎片呢？如安徒生的〈雪后〉：成千上萬個碎片隨風飄送，刺進一個人的眼裡心裡，使他喪失了情感。當他爬出沙堆，從荒僻步道尋回柏油馬路，他看見從海岬一處，一輛老舊公車，正慢慢蹠來。還要幾番周折，才會來到他面前。路燈曲折照亮濱海一線，從極上方望下，想必美極。從光帶中，他的視角貼近望去，幾乎可見風的路徑，翻上深受削蝕的岩壁，穿入真的什麼都看不見的幽深黝黑裡了。他就站在路燈下，抖身上的沙子。必須花費一點時間，才能打心底相信人終究不是沙堆，會被風給蝕散。必須有更多的自我提醒，才能抗拒著，不在雪后懷中酣眠。

入夜後，看來總像行將報廢的公車，像在銀河裡空轉。車內，那霧濛濛什麼都看不清的車窗，引人老想在上頭寫畫什麼。這大概也是為什麼，濱海線上公車，大凡椅背上必有塗鴉。濱海線的公車司機，說不定真是一個極孤寂的工作，所以他們佩有耳掛型對講機，真像是星艦航員那樣，在簌簌雜訊聲中，與遙遠同伴保持問訊：「怎麼樣？」「你到哪裡了？」「你誰？」除此，與轟轟引擎運轉聲外，車廂裡是極闃靜的，闃靜到，甚至可能使車上零餘的乘客，都安詳了起來。假如在一個轉彎，空調口當頭傾下水柱，他並不抱怨，只溫吞吞挪到別的座位上。假如下車鈴壞了，全程空響個不停，也沒有人會不耐煩；司機就這樣每站皆停，靜靜開啟車門，等候一會，無論是否有人下去，有人上來。一派一切聲息與等候皆自然，因此也就皆無不對勁的氛圍。他時常就坐在司機後方不遠處，看車門開放向無人風景，停頓片刻後又收起。就這麼慢慢繞行岬角，進入偶然的聚落或港灣，更多時候，濱海公路其實就像海潮線之一，切齊一無垠世界的無限波擾，就這麼真的像是平行貼近時間的，一個比較清楚的側面了。

那像冬夜裡的溫室，暖烘烘地，對他而言，這個晃動中的，總有什麼關節壞掉了的老舊鐵盒子。記不清是從何時開始了，他養成了一個癖性：在晃動的車廂裡，特別能睡熟；在醒睡間，好像特別能看清那些發光物的細節：某個老人，胸前口袋插的火鍋店贈筆；司機擱在側窗窗櫺上的照片；甚至，只是鄰近的人，低聲交換的一兩句話。他觀看，聆聽，在那個比此時，更無語彙去陳述自己正困惑著什麼的年歲裡，也確實，他無法對自己說明，那些發光物如何竟就這麼溫柔地說服他了，他可以這麼去寫，在不敢逕自走向前，看清那些人臉的情況下。

老人的火鍋店贈筆。他大概像烏鴉，只對鈕扣、彈珠一類的發光物有興趣，且被占滿了心神。他這麼去空想一些故事，發明一些動線，代他穿過他不能深解的這無垠世界。記得一個尚未寫起，就在路上報廢的故事。在一個只有一所小學，小學裡只有一位教師的荒僻村莊裡，家家戶戶都相熟，只有小學教師，是從外地來的陌生人。有一天，老師到處去家訪，說計畫要帶小學裡，低到高年級共十二位同學，去校外郊遊。這是一項壯舉，家長們都同意了。隔天，教師就不知從哪裡，開了輛小巴來接同學們。同學們都高高興興上車，只有一位小男孩很不巧，突然出水痘，所以不能出門去玩了。在村口，家長們都高高興興歡送小巴出村。家就住在村口（這個很巧）的水痘男孩，也在自己房裡，抹抹霧濛濛的玻璃，貼窗目送同學們離開。小巴出了村，從此就沒有再回返了：教師不見了，那十一位學生也不見了，再也找不著了。村子的年齡結構被挖去一塊，小男孩成了在學校裡遊蕩的孤魂，沒有師長，沒有友伴。他就這麼長大，在家家戶戶悲傷的關愛中。小男孩應該要成為一個殘虐，對所有人都予取予求的惡棍的，但他對那毫無想像，不曉得該怎麼寫。所以，在他想像中，小男孩很無奈，長成了一個比較老的遊魂，擔任起村子墓園的看守員。冬天，在墓園的工作小屋裡，當他抹抹霧濛濛的玻璃，貼窗望去，會看見一排排村人的墓，被雪堆（是的，竟下雪了）；總之，「大地一片白茫茫真乾淨」。

所有這些埋頭發明的動線，代換他對存有的直覺，而非見解，如兒時，在寂然家鄉裡的漫遊。如他一人路過各家門窗，遇見這位廳裡獨坐的老人。對望，他認得老人，知道彼此間的親戚關係，但老人似乎已不認得他，也不覺有礙，只出於習慣，邀他進屋坐。老人問他午飯吃了沒，他點點頭，因為不餓。老人也就不說話了，任他斜邊閒坐，繼續啜著碗裡的粥，黝黑的臉上，皺紋一張一弛。背光看去，老人對面，好大一台電視機開著，把與屋外相比，顯得特別幽暗的廳裡，放映出一種跳動的彩色，老人就像住在彩色裡，啜著彩色，自己也是彩色的一部分。如背光呆看，這些一張一弛的彩色皺紋，不知為何占滿了他的心神。那時，有一陣子了，不記得是哪年，他病了。病因也記不得了，就只感覺身體像時刻漂浮在一鍋熱水中。學校不能去了，但每天清早，母親上工前，還是會幫他裝好鋁盒便當，放在電鍋裡保溫。大約中午，當床鋪邊，面南的窗開始透進密實的光，像終於要將他的頭按進水底時，他就掙扎著起來，離開房間。取出滴水泛油的鋁盒，拓在茶几上，他坐著，呆看屋外的光。這一面光，以這間田野之上的小屋為軸，迴旋上升，遍轉過山巔、河道、工廠；從另一方山巔，壓制樹林間隙，由曬衣場、庭埕，席捲假性焚燒的空氣，將一切影子推得極小極小，唧唧咕咕擠在小屋四緣。唧唧咕咕，像跳躍過水泥地的枯葉，像從網中懸絲垂下的蜘蛛，像野草叢裡，終於迸發彈飛的籽芥；像無人地帶裡，所有耐心靜候的微細事物，不意發出的騷息。

確實無人：能勞動的，與會讀書的，自然皆不會在彼。勞動者在真正的悶熱中，在洋鐵皮與瓦楞板建成的廠房裡，坐立在轟隆隆機具間，塑料鞋憋了一腳汗。

每踏下地，鞋底就被地上厚泥般的油汙給吸住。抓住空檔，匆匆前去小解時，就這麼拖著一地黏滑的鞋印，直到圍牆邊，那架在明溝上的公廁。偶爾，當小解完畢，就公廁口的水缸洗手甩水時，他們就看見光底，這樣長排鞋印，像是遠從洋鐵皮屋頂，走下瓦楞板，向他們直直指來，像要越過他們，穿圍牆而去。像更多更多的人，都只是這麼過去了。病的意思大概是：不再能照著熟悉的鞋印，順行或逆行了。不再能，比方說，像以往，像他的姊姊們那樣，清早起床，各自用舊報紙，包著眼前這一式鋁盒便當，晃晃蕩蕩搭公車，到遠方課室。在中午，吃下重新蒸熟的便當，再用同樣的兩張舊報紙包妥，塞回書包裡。這麼一想，始料未及，竟有些懷念這些事：午休假寐；午後繼續傳遞書本、試卷或紙條。想念山腰中學，校舍像牢房，只是搭蓋得更輕率潦草，每逢山雨來襲，就彷彿天要崩了，灰撲雨色瀰漫狹長窗孔，一切皆暗去。時常就在這灰濛課室，當瞌睡蟲從領口爬上臉時，他恍惚驚醒，會感覺整個課室，所有人都吐出相似的反芻氣味，絕對慘綠的時刻。雨停了，終於下課了。環繞校舍的溝渠汩汩湧水，青蛙攜家帶眷一陣陣跳出，同學們的獵殺行動正要展開。他沿台階快走下行，下到校門，一條傾斜長街，直到海港的海平面，趕搭一班不能錯過的回家公車。

那一路上，他聽見隨著腳步，湯匙就在他的便當盒裡這麼叮叮敲著。叮叮叮叮。那些聲響，在他對著拓在茶几上的便當，無論如何無法下嚥之時回想起來，顯得特別地空洞卻篤實。病的意思，大概也是：恍惚間突然意識到，似乎，那些固定的鞋印與腳步，沉默的複勘，比起任何說法，更像是存有的強硬底蘊。它總讓人產生一種信心，如博格森所述，使一個人相信自己能「和所有人一樣快樂」，而當這個令人熟悉的旅途結束時，「生命中白費心機的事有一天會消失在墳墓裡，但是即使他們什麼也沒找到，他們也不在乎」。叮叮叮叮，這樣的聲響帶他過涵洞，到港口，如牽引魂魄回家的鈴聲。很多時候，這像是惟一重要的事。記得那時，眼前，彩色的老人用張弛皺紋，閒閒啜飲彩色家屋，在一切彷彿就要在他眼前溶去時，持續發出一種咕嚕嚕咕嚕嚕的強健聲響。病，也許就是突然在意起，一些微細卻巨大的，影子般的騷息，並被之擊倒。過一陣子，他病好了。過一陣子，老人就走了。墓碑上，家人將堂號由「龍溪」誤植為「隴西」。多年來，他想著老人從墓園冒出頭，出現在那陌生的，竟真的下起雪來了的「隴西」時，可能的皺紋。多希望彼時有人邀他進屋，請他喝粥，分享彩色電視機。

寫作初始，是一種私妄的代換，對他而言。寫作是一種聚攏，如他近前的檯燈，圈限他以一冬夜溫室僅需的一點光照，讓他得以保持一種低埋視角，像細細察看一本書那樣，猜想他無法深解的世界。再無趣的書對他而言，都比如謎的世界，更像是他的朋友。如他一邊讀著一本確實無趣的書，一邊私妄解組紛亂過往的動線，察看這些他私認的朋友：沿海生活，異鄉人。一九一〇年，國家要在花蓮港設一示範村，預計邀請農民約六十戶，共襄殖民大業。為了能擁有自己的土地，四十八歲的父親，與四十七歲的母親，決定離開長女，帶著幼女，從讚岐高松港，搭船前往之前未曾聽過，當然也不曾去過的花蓮港（由港到港，有朝一日，回鄉團聚）。一九一二年元月初，船抵花蓮港。兩週後，三人入住示範村裡，被分配的家屋。那真是一間夢中房舍：雨霧中，一張屋架子，騰空歪歪掛在雜草叢上，遠望進去，架子裡有兩間房，各六張榻榻米大，每張榻榻米都正要扯飛開來。雙親借來水牛，以一牛三人之力，捲收風箏般讓夢中家屋好好落地，隨即開始忙碌的新生活。父親對幼女說：「安排好了，妳要讀書。」於是十歲的幼女，開始每天走長路進小學校讀書。九月中，暴風雨來襲，示範村家屋、農作物、耕地、道路設施與灌溉溝渠一切全毀。全村村民全像剛上岸的彈塗魚，面臨一無所有的饑荒，因過勞與營養不良，陸續有人病倒。

父親對幼女說：「妳還是要讀書。」於是幼女繼續每天走長路，穿過遍地泥濘，進小學校讀書。好不容易，國家救助抵達示範村了，在村民努力下，隔年年初，示範村回復到堪可住人的程度；但疫情開始蔓延，短短半年，有六十位村民病逝，平均一家一人。這樣的情況，大抵每年都會發生；而終於，幼女也讀完小學校了，以第一名成績畢業。幼女對父親說：「我不讀高等科了。」父親不再說什麼。幼女留在家裡幫忙農事，每天除自家耕作外，也將這頹頹敗壞，年復一年被擲進荒涼，從未繁盛過的示範村中，倖存的村民集合起來，一起出公差，如清掃公共澡堂等。雖然她心中不免生出悲傷看法：這澡堂，如今眾人同心協力，打掃得再整潔，終還是不免要在一場突來的暴風中覆滅，而一切勢將一次一次重新來過，直到，沒有人會有辦法，或被容許再住在這裡。這令她不安：現實生活是什麼？這不安卻也令她強烈渴望投入眼前可見的公共事務：在僅有一套桌椅和一個榻榻米大的前農具間，現示範村辦公室裡，牆上貼著公差輪值表，示現時間一周間，卻隱含著將經年反覆行之的樂觀，那令她稍微心安；在陽光慨然灑下，能見度直達遠方海面的日間，穿梭過甘蔗園，偶遇勞動中的她的村民，那樣互相彎腰招呼，那樣純粹的善意與共體，那令她快樂。誰能那樣傲慢，或以更清冷的制高點說：這不是現實生活呢？

她不能讓自己閒下來。在從早到晚拚命工作之餘，珍貴的個人時間裡，她走長路，去西本願寺傳教所住持的太太那裡，學習禮儀、茶道、花道及裁縫等。她發現這會讓雙親，高興到害羞起來：在猿叫蟲鳴的夜裡，在那六張榻榻米上，要他們端正踞坐，用家常杯碗，慢慢轉出茶給他們喝。另一件會取悅他們的事，是幫他們寫家書，給寄宿在內地給人當養女的長女，她姊姊。去寄家書時，雙親會要她，連同一段時日農作所得，一起匯回給姊姊。是以那些家書信末，總不忘反覆叮囑：代為儲蓄，有朝一日，返鄉團聚。

有朝一日。幼女背海，從郵便所走長路返村，從這條沿溝渠的漫漫長路望村，看那些蔗葉林間的房舍，猜想它們未來之所終。沿海生活。有時，她羨慕基隆港的季節性巡迴勞力團。聽說愛媛縣和靜岡縣，年紀如她這般的女工呢，大約四十人就能組一團，每年四月時就搭船到基隆，受雇於柴魚片工廠。半年（不能再長了），九月一到就回鄉。雖然在這半年裡，她們隨時待命，夜以繼日工作，就算柴魚船是在深夜返航，也得立刻起床接應，但這也只是暫時的事。半年後，她們就能回家休息，有資格每日晏起，跟父母承歡撒嬌。那讓因一種勞動配置，跟著擺散開來的生活方式，因有其固定期程與歸所，而有了讓人喜愛，並因此信之不疑的資格。她甚至羨慕起那位綠眼的白人女孩。聽說在另一個港口，蘇澳港，平埔原民會下來，在廟前廣場餐敘。他們呢，會把魚乾、蔬菜、辣椒和鹽等佐料，放入這樣的一頂大鍋中煮。煮好後，就拿頭上戴的帽子當容器，分享眾人，大家一同蹲在地上吃。很歡樂對吧？那白人女孩就在他們之中，是他們的一分子，裝扮和言行都與他們無異。

他們善待她。據說呢，她就是英國人賀倫的後裔。

賀倫是誰？賀倫呢，是個瘋子，或者，一位作夢的冒險家，一位非由國家驅使的移民單幫客。從前，早在她的國家君臨前，這人和聚居在淡水港的一位美國人，一位德國人，一位葡萄牙人，一位西班牙人，喔，還有另一位英國人，帶領三十多位平埔族，搭乘中國船，沿海岸線苦苦尋找夢中的落腳地。他被防衛軍追趕，受自己國家軍艦砲擊，最後在海上遇暴風，翻船漂流，就這麼溺死了。對一個長年在海上流浪的人而言，這不知能不能稱作是「意外」。

從一個制高點：在戰爭與戰爭的間隙，多的是這樣自由人，或奴隸吧。隨行的他們，像乘小舟，生活在一寬度與路線，皆不斷遷演的河道上。在兩軍間，那變幻著的折衝地帶，他們拉家當，交易或搜尋真物資，互通或散布假信息，緊張時充作掩體，鬆弛時提供娛樂。有時，在突然寬容過久的空檔中，他們且悍然冒生聚落，家庭，或者，示範村。可以說，對他們而言，那並非什麼僵持著以求勝的戰事，而只是一種流動向最終必然慘敗的現實生活；像工蜂，像白蟻，你不會屑於，或忍於追問牠們奔忙執著於什麼。其實，甚至難對人說明的是，像白蟻，像工蜂，那群盲周轉間，某些魅幻時刻，他們竟常深覺自己已無法不如此生活。例如，在烽火線仍在遠方天際時，他會看見扭曲的炊煙，看見風裡招展的破床單，折光向火紅的黃昏，他會以為，自己像以一種奇妙的視野，被賜福，有幸窺見別人不忍，或不屑於如此鄭重窺見的，微細的什麼。

他的中國船停在左近，這只是代表他每次落腳，都以為是已經回家了，直到自己再次被驅趕。說起來，她最羨慕的，還是姊姊。七年不見後，姊姊家書上說，終於能夠來「度假」了。在郵便所，拆信讀過之後，她心裡確定，這會是七年來，最讓雙親開懷的一件事了。必定，比每一次從泥濘中復活，還要令他們高興。她總是在郵便所門邊，就拆開姊姊的來信，靜靜站著讀過。回村路上，她總是一面思索著該以如何姿態，向雙親轉述信中內容，一面屢屢驚訝著姊姊，用如此親暱的口吻，抱怨著一些層出不窮的瑣事。那些牢騷話，撒嬌，怎能縱容自己如此令人擔憂？甚至，甚至，不知為何，她還嫉妒起那位總代姊姊寫信的人，那位姊姊的「姊姊」，隔鄰家的讀書小姐。你看她，必定是淺淺微笑，展開信紙，寬容姊姊在桌邊叨叨絮絮，一邊饒富趣味地，在信上復刻姊姊的口吻與遣詞。你看姊姊，在她面前，多年來那不顧一切傾吐的腔調，從未變過，還像個孩子，像一場不斷被容受的災難，那是如何的信任呢？你看那個想像中，時間毫無作用的，寫著他人家信房間。當養女是怎麼回事？我應該要讀高等科的，應該不顧一切這麼做。姊姊就要隻身搭船前來了，七年不見，姊姊今年十九歲了，十九歲的孩子，一個直接從託孤現場返回的棄嬰喔。發誓，如果她膽敢嘲笑我的家管，嘲笑那些鮮花，那些掛軸，我們家常的茶道，我一定，一定是要當她的面生氣的。

這麼一想，她的心不禁怦怦跳。她在路邊站一會，理理紊亂的腦袋。面對一間半倒的空屋，她想著，其實她不是很能記憶姊姊的臉了；當然，姊姊的長相必定已經和十二歲時很不同，可以是任何樣子了。這竟令她有些害怕：就要和一位多年來，甚至不敢在給她的信中，偷渡自己話語的人見面了。確實不敢。這麼一想，突然為自己適才的紊亂，感到慚愧與難過。那樣的心思走到此，更大的世界都不夠寬容或荒涼了。她想著，還是盡快返家，告知雙親這個好消息吧。盼望，膽怯地盼望著，希望在那屋內，雙親的快樂，能自然分享給她，能引起她，對於姊姊的期待與好奇。

對謎的期待與好奇。他和他私認的朋友，一同留駐此前，膽怯莫名。

昆德拉：存在之謎消殞在政治確定性之後，確定性對謎都是不屑一顧的。這是為什麼，儘管人們有豐富的生命經驗，在通過歷史的磨難之後，卻依然愚笨，一如走入磨難之初。從前，當小男孩杜斯妥也夫斯基，還住在莫斯科濟貧醫院，父親的宿舍裡時，父親不許他隨意亂走，因為院外盡是監獄、精神病院與孤兒院等，父親認為會產生壞影響。小男孩杜氏和他的兄長，差不多被圈養在院中小花園，那少數日照充足的區域。並且，在父親回宿舍午睡時，兄弟倆必須排班站在他身後，為他趕蒼蠅，以讓父親安心。然而，杜氏自小還是喜愛在街巷間遊蕩，和所有令他深感好奇的人對話。對話：那當然是巴赫金定義過的，杜氏長篇文體的基本構成方式。或如昆德拉所言：在所動用之書寫技術，相對單純而一致的情況下，杜氏比任何小說家，都能更細密即臨地捕捉，與藏存一切非日常瞬間的能力所在。總之，對他者「存在之謎」源源不絕的敢於好奇。這能力，在多年的現實磨難後，當杜氏變成一位對世界的現實，較有個人定見的人之後，基本上仍未失去。

多年後，他亦以為，一則對杜氏小說能力最好的注腳，仍來自桑塔格對於茨普金的說明：在深知杜氏強烈反猶的情況下，仍不乏如茨普金那樣的猶太人，真心喜愛著杜氏小說中的世界，以及世界被杜氏訴說的方式。雖不必然如桑塔格簡略概括的，「愛杜斯妥也夫斯基意味著愛文學」，但至少，對他而言，這表明了杜氏的寬廣，由一位並不和他共享現實基礎的讀者，給維護與修復。他以為，這也許才是一位好讀者的能力所在；說不定，也是任何閱讀行為裡，最寶貴的質素所在。心無恐懼：愛杜斯妥也夫斯基，就是愛杜斯妥也夫斯基；跟喜愛朋友，那「最後的美德」，或跟最初，一個健康的孩子，為一個謎所深深著迷相似。

「現實的本源是真義。那些不蘊涵真義的於我們而言皆是虛幻。現實的任一存在片段都可追溯至其本源的普遍真義。」很多年後，讀到舒爾茨了。他十分羨慕舒爾茨能以最簡潔的斷語，說明現實本源，以及如何在日常的語言裡，這所謂本源必定只能在碎片中閃現。那個被更廣大的場外，壓制得反白，並因之而不斷變形，一次次死掉又不斷復返的父親，在他最後一次奔亡，「開始過起一種沒有家園的流浪生活」之前，在另一本書裡，在溫暖的少女縫紉房裡，如此自信又顛瘋地發表他的「第二創世」方案，毫不保留表達他對碎屑與廢品的本質性迷戀：「為了一個動作、一句台詞，我們賦予一個角色以新的生命。」這種對創作之狂烈「臨時性」的信任與自得，或許，確實只有在先驗式信仰的語境中，才得以被完全理解了。那個語境，人們通常指稱為猶太教神祕主義，那對他而言，自然是極端遙遠的。也於是，很多年後，當他回想自己彼時在路上的創作發想，在他至今仍不相信任何先驗性存有的心中，他其實認為，是自己的寫作，讓那些借他以光的他人細節，終於沉落成報廢的碎屑了。他發現，在過於空曠的視角中，那些曾平緩他的餘光，其實不會讓他真的有辦法進入，那被碎片刺中的男孩的心。

將上小學前，忙碌的父親，終於帶小男孩去參觀動物園了。那是一個小巧的市立動物園，所以，大部分獨囚的動物都有名字，以讓市民覺得親切。「你看，牠叫威廉。」父親走到花豹籠前面，讀導覽牌給男孩聽。食火雞。「牠叫安妮。嗯，大概可以吃。」父親說。大象。「牠叫米娜。喔，牠的智商相當於學齡前兒童，跟你一樣，哈哈哈。」那時，米娜剛沖完澡，由飼養員導引著，緩緩走出浴池，然後，一邊走著，一邊用長長的鼻子，從地上捲沙土，往自己身上扔。米娜走到一塊鐵板前，飼養員放下一個塑膠桶，裡面塞滿胡蘿蔔、草料和小黃瓜，那是米娜的浴後小點心。塑膠桶有蓋，開口很小，米娜必須想辦法，將點心從桶裡弄出來，才能食用。設計上，這是要讓米娜一邊進食，一邊動動腦，作運動。米娜二話不說（當然），半身站到鐵板上，抬起右前腿，朝塑膠桶重重踩下。

砰。塑膠桶蓋噴飛出去，男孩嚇了一跳。米娜再踩，一些碎塊殘渣呼呼擠過桶口，掉了出來。米娜捲起塑膠桶，將它沉沉摔下。米娜不停又踩又摔，每當鐵板上有一定的殘渣碎塊了，牠就停下，用靈活的鼻子將食物和沙土，一起捲集成圓球，送進嘴裡。這樣忙活了許久，塑膠桶已經被撞擊得很扁很扁，再踩不出，也摔不出裡面的食物了。米娜用兩前腿，靠住塑膠桶，用力一夾，塑膠桶換一種扁法，又有渣漬噴了出來。米娜這樣不斷騰挪塑膠桶，有時用夾的，有時一腳踩住，一腳朝彎翹起的桶身踩下。後面那招，令父親印象深刻。父親拍手叫好，對男孩說：「看，米娜好聰明。」

米娜終於將塑膠桶摺了好幾摺，看起來，差不多像一塊被踩平的鋁箔包大小，再也擠不出碎渣了。牠細細將周遭一切能吃的，都捲食乾淨，張著十分蒼老而古意的眼睛，像一幢小屋，揚長而去。這整個暴力的進食，用腦與運動過程，大約持續了半小時。留在鐵板上的那塊東西，如今看上去就很有說服力：它真的，剛被大象踩過。這半小時裡，男孩都在欄杆前，陪父親看著。「好看吧？」父親說，一邊導引男孩，去看別的動物。「要不要吃冰淇淋？」父親問，男孩搖搖頭。「你就要上小學囉，會不會怕？」父親問。片刻，「沒問題的啦。」父親將手輕輕搭在男孩的肩上。

在心裡的廢棄場中，這是他最後，能在記憶中拾起的一則故事了。那對沒有臉孔的人，在多年以後，時間並不能令他們兩方清晰，如他自己，多少期待的那樣：一個人，變成另一個人較老時的樣子，如此，他們在一個凝止的手勢中，補足彼此。花豹是花豹，胡蘿蔔是胡蘿蔔。海風不息，圍籬也在，多年以後，當這麼發現伊時，他想著另一個簡單的事實：在一個現實世界裡，所有那些虛妄的景象汲取與代換，現在，應該比米娜更早放下了。

虐殺指南

他從來不相信，在夜間，雲彩居然能令人目眩。但是，滿月和所有的星星正在把雲彩變成璀璨的波浪。就在他從黑暗中浮出來的那一刻，飛機到達了一個異常寧靜的地方，沒有一片波浪使機身傾斜。像一條經過水壩的船，飛機正進入水庫之中，他進入了一部分的天空。那一部分天空是不被知悉的，是被隱藏的，像美好島嶼附近的港灣。在他下方，暴風雨構成一個厚達三百公尺的另一個世界，那世界被狂風、水柱、閃電所穿越。然而，那暴風雨卻把如水晶、如雪花的一面轉向星辰。

星星是以寶藏的密度積聚起來的，他在星星之間漫遊，在那樣一個世界裡漫遊。在那個世界裡，除了他和他的伙伴以外，絕對沒有任何其他的東西是活著的。他們像神話城中的盜賊，被困在寶庫的四壁之間，再也不知道如何自其中走出。他們在冰冷的珠寶之間漫遊，十分富有，但是被判罪了。

——聖艾修伯里（Antoine de Saint-Exupéry），

《夜間飛行》

雖然在達卡（Dakar）的威廉龐地師範學校（École Normale William Ponty）只不過是一所中等學校，在其全盛時期它還是法屬西非的殖民地教育金字塔的頂峰。聰明的學生從我們今日稱之為幾內亞、馬利（Mali）、象牙海岸、塞內加爾等等的地區湧向威廉龐地。因此，我們毋須驚訝說這些男孩子最初是從法屬「西部」非洲的觀點——黑種人性格（negritude）這個弔詭的概念（亦即只能用威廉龐地的課堂上所使用的語言〔法語〕才表達得出來的非洲特性的本質）就是這個觀點令人難忘的象徵——來理解他們以達卡為終點的朝聖之旅的。

——安德森（Benedict Anderson），《想像的共同體》

不知道該不該把那稱作「路邊攤」。總之，那其實就是一輛停在路邊的貨車，當車後棚三面張起，就成了現成攤位。招牌極簡，車旁立板只寫了三個大紅字：「雞鴨鳥」。他騎車經過，看車棚滿載無數鐵籠裡，低低抑抑斂翅擠竄著的，果然不假，就是小雞、小鴨和小鳥。所以說來，那招牌有一種正經的幽默感，差不多，就像你在學生宿舍前，也放一立板，上頭寫著「人」這麼個大紅字一般。那「雞鴨鳥」車，通常停在「花生菱角」車，和「涼椅」車之間。天暖天寒，有時「花生菱角」走空，有時「涼椅」缺席，但「雞鴨鳥」總都在的，彷彿直到山無陵，江水竭，它始終都會在濱海公路邊，等候不知何時會現身的稀少顧客。買花生菱角可以理解，買涼椅做啥也不難想像，但一個遊人開車或騎車路過，可能就在臨時起意的情況下，像買海灘球一樣，拎走一隻活生生的雛禽了，他原以為，是這件事本身最令他不安。

直到某天，天降暴雨，已經不是下貓下狗，簡直是野放一整座動物園於海岸地帶。那時馬路成河成海，他也顧不得快車還慢車道，只勉力和下班下課的機車黨人，一同蛇行撥水，衝刺出城北。老機車幾度欲熄火罷工，他也幾乎要被溺斃在自己的安全帽裡了。知道一熄火，車就算掛了，還會成為麻煩的擋道者，他只好奮勇憋氣催油，終於殺上坡，越過橋，疏散到濱海公路上。路肩怠速稍停，拍拍雨衣內外積水。回頭看，來處聳立的，還在不斷拔高的高樓間，向晚夕照透不過低厚的雲，卻將這彷彿密室的天際地面，閃耀得昏昏曖曖。豆大雨滴被馬路彈起，跳動，還在殺上坡，還在紛紛越橋而來，在眼前碎裂：這好孤寂的密室，被它自己的來路勾起爍爍毛邊，卻好像就地與什麼都失去了聯繫。這時，他一扭頭，發現不遠處，那「雞鴨鳥」竟然還停在原位。

大雨亂亂，打在已收起後棚的貨車上，像敲擊一聽罐頭。小販獨自坐在車裡，十分淡定，也像只是一時無法決定去處。第一次，他較仔細觀察小販與車，猜想，像那樣待在罐頭裡，會看見或聽見什麼：吱吱啾啾的細瑣聲息；或者，那些被困在幽暗裡瑟瑟縮縮的小小生命，那總像正發著高燒的體溫，且也會周流在一車身現代的鋼筋鐵骨內，為這雨的遮障增添暖意。這麼空想時，他才發覺，其實說到底，最令他不安的，還是這偶然聚合所全副仿擬的，一種無節氣差別的恆定感：天寒天暖，無論怎樣路過，它差不多都在那；而雞還是小雞，鴨還是小鴨，鳥，永遠還是青春小鳥。說是「仿擬」，因為牠們當然並不是都不長大，而是那些長大的，他猜想，都被一籠籠轉運到下個配銷平台去了，那其實，可能才是利潤的主要來源。剛剛孵化的，則從上個平台，一籠籠被轉到這貨車上充填空位了，於是，這大概是「雞鴨鳥」車，比「涼椅」車，和熱騰騰冒煙的「花生菱角」車，更不在意節氣變化的原因：它的擬恆定姿態，受物種自身生長周期支配。那短暫而活絡的生長周期，以集體無面目自成時序重壓，弭平自然季節，擠迫販售雛禽的小販，和他的貨車日日現身；或其實，是容許他不必考慮旺季淡季，無可無不可地，對著公路與過客，恆定展示生命的一個固定階段——無論天雨天晴，當下售出與否，每分每秒，牠們反正不會停止生長，也總歸難逃販售流程。

「牠們現在還在長喔。」他差不多，是被出現在自己腦中的這句話給嚇到了：牠們還在一個被現代鐘錶精密計算的生命周期裡；這個生命周期被想像，測量與管理的方式，決定牠們「同時」出現在那聽黑暗的罐頭，那些層層疊疊的鐵籠中，在牠們的販售與看管者身後，在一個像是來路不明的昏曖天地裡。遲鈍的他，直到那時才恍然明白，班雅明形容的「同質，空洞」的現代時間觀，是真的具有如此深藏普照的影響力：「時間上的一致」（temporal coincidence）標誌這種水平時間觀，攏聚集體想像，以及所有跟「現代」有關的概念。所以，這可能其實是一個過於古典的期待了：當你想像這位小販，對自己正在從事的，會有某種專業職匠式的敬畏之心時。敬畏什麼？敬畏垂直的預兆與因果：一個人現在所從事的此事，關聯著「一個始終存在，並且終將在未來被完成的事物」。就像那些從域外田野，或舊日時光提聚生命，賦與形象，令其可視可解，甚至可隨時光流傳轉寄的專業人士，他們自身總也難免，就是兩種以上時間場域的，某個艱難且自相矛盾的接點：他們該當慎謹看待事物非同時性的關聯，倘若他們自重的話。

那時，戴著安全帽站在大雨裡，他認真考慮起在學生宿舍裡，撫養一隻小雞的可能。然而，這實在太搞笑了，差不多等同於一種無目的的囚禁了。再次騎上車，離開，這雨中世界彷彿隨他的移動，才正一分一釐，暫時對他開放一條嶄新去路。這樣的摸索令人沮喪，因為他不能不去重新思索，那因「同時」而存在的偶遇與臨時起意，所全副擬態的恆定寬容或殘虐。就說那是一隻活生生的黃色小鴨，就說一時興起買走牠的，是一對騎車經過的孩子戀人：一個男孩，笑呵呵送給一個女孩的滑稽禮物。就說因為種種原因，黃色小鴨被忘在海灘上了，突然有了空前，卻無意義的自由：在被人類豢養了千百年的族群歷史裡，牠們不只遺忘了飛行，也早已丟失了對曠野的直覺。在牠個體的現代生命史中，這樣大規模的遺忘不太要緊，因為挨擠在牢籠裡，牠連舒展一下翅膀的機會都少有。

然而，猝不及防，牠竟然就獨自置身在空曠海濱了。這片海，連接世上最廣大的一片洋面，古老的海潮正一陣陣襲捲上灘頭：很久以前，陸上生命——包括牠的尚未展翅的先祖——就是這麼一身濕淋淋地，從那陣陣浪湧中爬上岸的。如今，這隻退化了的後輩，和尚未進化的先祖，在同一個語境裡有了聯繫。差不多就是鴨子聽雷：這個所謂的「聯繫」，這個月光照亮，彷彿充滿寶藏的古老時空，對這隻落單的黃色小鴨而言。幸好牠並不害怕，只是覺得走路好累。牠歪頭，發現自己腳上原來長了蹼，嗯，這樣的話，划水也許省力些。牠慢慢繞著灘頭觀察，試探著下水。浮起來了，浮起來了呦，嗯，的確這樣合理些。腳開始有點痛，不知是否都是這樣的。腳好痛，但划水比走路自在些，所以黃色小鴨繼續划，朝向那最亮的光源，在夜浪的翻湧中，像要騰空朝月亮飛去一樣。

積雲厚達三百公尺，雨中探路，渾身濕透。在回到他自己的族群，回到他那生養無據，殺伐失時的現代世界之前，很長一段時間，他就想著這隻游進太古湯裡的自由小鴨。想像在雙腳被鹽水蝕壞之前，月亮讓牠記起了飛行。

飛行員是滿不自由的一種職業：他所飛過的每一條航道，都經過現代同時性的寸量與定義。這種籠罩整個網絡的準確感，與飛行這項現代科技，在上個世紀前半，因其嶄新，而意外融洽地與古老的童話語境遇合：鮮活地，像一隻闖進太古湯裡的初生幼禽。在這個寫作領域中，聖艾修伯里可能是先驅，或最特別的一人。在許多小說家的那些，可能充滿缺陷的第一本著作裡，他以為，聖艾修伯里的《南方信件》，是其中有趣的作品。這部小說裡，年輕飛行員貝尼斯，在一九二〇年代所飛的固定航道，是從法國本土西南部的杜魯斯，直到法屬西非西南濱的達卡（位於現在的塞內加爾）。這條航道大抵直指西南：沿歐洲海岸，由西班牙南角的直布羅陀越過海峽，繼續沿著非洲海岸飛。

貝尼斯是在清晨五點四十分飛離杜魯斯的，在「飛過直布羅陀時，夜就會降落了」。這時，在海面上，他將逐漸看見非洲海角第一站，摩洛哥的坦吉，在對岸形成一個明顯的亮點。當他追上那個亮點，他就會看見由所有非洲沿海城市的燈火，所連綴的帶狀光影，已在他眼前鋪展開來。那就是他固定的銀河鐵道。

這些沿海城市，是由殖民者，以現代資源所建造的殖民灘頭堡，那就是飛行員貝尼斯要去遞送信息的地方：將一封封親愛的法文書簡，送達這些駐點。對法國而言，這些灘頭堡向內陸挺進，擴張殖民地的速度快得出奇，主要因為殖民地軍官完全不受母國管束：這些男孩般的現代軍頭，競速似的擅自行動，攻破別人的城邦，放逐別人的女王，在別人的屋頂上插國旗；之後，母國才好像為受她寵溺的淘氣孩子善後那樣，追認了這些「既成事實」。這些倉促的軍事之路，在日後，也就成了非洲那些真正的孩子們擠下同類，反過來，備極艱難地由內陸向海的「朝聖之旅」的路途了。這些孩子「一畢業就注定要回到殖民主義為他們劃出來那個『家鄉』去」。那些成員不可互流，同時被創造出來的家鄉，具體說來，就是一塊塊由殖民地方政府，依各自行政範圍所劃分的現代鐵籠，以及後來，由這些聰明孩子們，以貝尼斯遞送過的親愛語言，所同時創造的一個個國家。這一切，將發生在貝尼斯那樣輕盈飛過的三十年後。

但當然，貝尼斯不能預見這些。事實上，在這條對非洲孩子而言，彷彿是由皇冠上的珍珠串連成的銀河鐵道上飛行，令他感到極其疲憊。主要因為，這條橫斷所有「朝聖之旅」終點站的固定航道，對他而言，同樣也像是一條長形流籠：作為一名郵遞工，他受沿海城市的保護與嚴密監看；每座灘頭堡，都配置了觀測飛行的地勤，他們辛勤不懈地向彼此，以無線電報通達飛行的準確時地與氣候，並在飛機失聯時，立即組派搜索隊。所以事實上，這工作並不浪漫，貝尼斯比較像是依固定程序行事，毋須自主意識的技術人員（他自稱「工人」）。

整部小說，即開始於這位飛行工人一次疲憊的例行任務中。我們透過敘事得知，在出發前，他整理了自己寄居的公寓房間。可能，過度整理了：「用報紙捆包堆著的書籍，信件不是燒了就是歸檔收起，家具用床單罩住。每一個物體都單獨地被拖離原本的位置重新放置。然而這個心中的激盪不再具有任何意義。」考量這可能只是趟為期不長的例行飛行，上述敘事確實令人有些擔心：那房間，差不多就像是遺書本身了。與此同時，飛行工人繼續在固定航道上，複習著他對世界的生疏：

「我們是永遠都不會知道什麼格瑞納達、亞美尼亞的，更不會了解阿罕巴的清真寺；我們只會知道什麼溪流、果園和它們其中最細微的祕密。」這生疏是對等的：既針對他的現代翅膀在航道上，無法旁及與深入的廣漠黑暗腹地，在那腹地裡，原有再深再高的牆，都挺容易就被轟散了；也針對那支使與定義他，每當他任務完成即要「長途跋涉旅行著回家，進入到那永不改變的世界——需要經過二十年的法律辯論才會加長一田野或移動一座牆的世界。」這兩個世界通過他的飛行交換信息，然而，都彷彿與他無關了。

與他有關的，或他自認熟悉的，是那些航道內，坑坑洞洞陷蝕人造光帶的零餘田野，那似乎，才是他個人情感歸屬的模糊去處：那些「它們其中最細微的祕密」；一種刻意從這固定航道的現實聯繫中出逃，只以細節描述織就的幻想性，或仿擬的自由感。果然，仔細想來並非全無預警，就在他通過直布羅陀海峽，夜與日交替的殖民換日線時，這整部跟隨著他的動線去敘事的小說，像被雷打到一樣，突然被拋入關於過往細節的徵斂場，或者，其實是明確退回小說因之發動的，真正的核心焦慮：逝去的往日。就一般認知，在技術或耐心上，這個也許，理應如普魯斯特那樣緩緩鋪陳，撫摩舊物，繁複提記的往日，被一個雷公一樣的「我」，所發動的敘事給素樸干擾了。這個直到最後，敘事位置都將懸疑的「我」，既幫小說虛擬的主人翁，飛行員貝尼斯陳明狀況（這時的「我」，彷彿是那些灘頭堡監測飛行的地勤之一，或如聖艾修伯里在之後的《夜間飛行》裡寫過的，那坐在機艙後座，與飛行員共患難的隨機無線電通訊員），也以聲音的強力干涉，混淆那些往事準確的坐落位置。

飛行動線被一次性擱置；貝尼斯被莫名凍結在海峽中線上，動彈不得，達半部小說之久。奪取他的動線，或反向及身，越過他與向晚的海上雲霧滔滔而來，以他的中介位置作為起跑點，重新校勘他的，正是由「我」所帶起的回憶。這個在技術上稍嫌生澀的敘事變化，最有趣的地方，是它不由分說地將先前已存敘事，以現代鐘錶的方式重新計時，於是，僅僅「像是個遲了一分鐘到達耶路撒冷的朝聖者」，在這其實十分曖昧的往日「朝聖之旅」中，貝尼斯就在「我」在場的監測與隨行下，對著「我」，憑空召喚出他們退回往日的，所謂的「第一次出發」。

很奇妙：回憶因這重新計時，竟有了一種朝向未知去探險的童稚歡愉。這些憑空召喚的老牆，古老房舍，照看高窗的溫和月光，沙沙的平原，以及為所述一切生靈，「帶來一個無法解釋的死亡的消息」的遠方鐘聲；這個「無法解釋」的消息，因其自身的廣袤與柔和——或者，廣袤與柔和的，其實是缺乏稜角的童稚雙眼——遍蓋回溯之光所能照及的一個小小畛域，所以在令人恐懼伊時，亦令人平靜聆聽，

「只因為那些是地球的聲音，美好且令人安心」。如此，這個回溯之光勉力維穩的小小畛域，並不（或因此不能）具體坐落在黑暗與白化的兩大陸裡，任何一處被自然植被，與人文歷史掩映的實景中。本質上，它像是飛行員在雲霧中，從舷窗望見的自足飛行島，保留了舊日時光的證物，自證一段可被反覆經歷的童年。這也許，是這樣回溯模式的一個重點：童年，在一個以自身光照作為模糊範圍的孤島上留滯──引發年輕寫作者生疏鄉愁的，正是那永不止息、「現在還在長」的，空洞的均質時間本身。

所以，回溯伊時，屢屢重新計時是必要的；所以讀著貝尼斯的往日書簡時，曖昧全知的「我」閉眼，看見他們的吉娜薇亞，在孤島上，「再次成為一個小女孩，十五歲，而那時我們十三歲」。於是，底下這個既準確計時，又費解如詩的回憶陳述，似乎也就變得稍微可解了：那在整部小說中，從未被具體形容過生理特徵的吉娜薇亞，「就是我和貝尼斯從非洲深處所夢想將訂下婚約的小女孩。在十五歲時，妳是所有母親中最年輕的」。他們一同執拗監視她，看她離開孤島（下凡，降落），像僅僅只是「正自神話故事走出，經過一道奇異之門而後進入了世界──如同在一場化裝舞會，一場孩童的舞會中──變裝成妻子、母親、神仙子」。現實世界，像這位被指定為永遠十五歲的神隱少女，所變身參與的一場孩童轟趴。

在傳說時間與歷史時間，因人類嶄新時間觀而徹底分離的現代裡，年輕的聖艾修伯里，不得不仰賴喊停，或讓現代鐘錶在一個有限的格度裡重複跳動（永遠的吉娜薇亞，與永遠的小王子），為他的現代小說人物，賦與了傳說質素。可以理解：這種時間焦慮首先是許多現代作者的，而非如真正的傳說故事〈灰姑娘〉那樣，是故事人物的。在技術上，簡單說，《小王子》藉由將「重新計時」這個動作，靈巧地在各個星球，各自的時空邏輯中擺布開來，或掩蓋起來，使人幾乎無法察覺其中稜角，而這的確是《南方信件》難以成就的調度。不過，卻正是在這個靈巧不起來的難題之前，年輕的作者展現了他的勇氣：他一頭撞上去了，書寫了當卡榫彈開，指針重新轉動起來之時，這對孩子，彼此愛戀的盡頭。

小說由此進入的，其實是一則令人悲傷，但相對易解的故事：這對手牽手逃跑的孩子（他們這樣看待彼此），因各自對現實的生疏，而讓情感被層出不窮的重要瑣事（車子暴雨中壞掉的火星塞、房間的布置等等）給挫傷，直到彼此，都失去安慰對方的意願與能力。奇特的是，在這段往事回溯完畢，而小說的確也如預期，解凍了高掛在海峽中線的貝尼斯，重拾他的動線後，小說敘事二度慘遭雷擊：在「我」的擾動下，突然描述了吉娜薇亞的死亡。和之前，可能因技術問題所造成的敘事曖昧不同，這似乎是一個刻意要仿擬夢境的場景：貝尼斯在一個奇怪的地方小車站下了車，臨時起意回返，揚長穿過一個舊日鄉間世界，來到吉娜薇亞和丈夫的家門，想著：「這裡沒有東西是假的……」上樓，打開門，他就看到不知為何已病重了的吉娜薇亞：「女人的臉孔閉了起來，而突然間一個人對未來的死亡感到恐懼」，而貝尼斯離開，「不費力氣地溜過樹叢而跳上籬笆。路面很硬。全部都結束了，他永遠不會回來」。

這真像夢境，因為現實中，有大門可以走的其實。

吉娜薇亞的孩子生病吐血了。吉娜薇亞崩潰，丈夫命她外出散心。吉娜薇亞偶然經過一家古董店，受到吸引，因為「凡是留得住光，而且表面光亮的事物都令她感到高興」。她大概買了些水晶飾品，回到家時，大概因為臉上表情太歡樂，所以激怒了丈夫。丈夫罵她是「怪物」，「不值得成為母親」。其實，她只是想把這些飾品，擺在孩子的病房裡，因為「她渴望用這些像黃金針一樣的太陽光，來照亮她那沉落的小孩的房間」，在她無力幫助自己孩子之時。角色有無具體面目，和角色是否令人印象深刻，當然並無絕對關係——這位作者，並不總需要過多地描述細節。

於是，這再次提醒了我們，對突然湧現的具體細節的警覺。倘若就細節構成（高窗，遠方的鐘聲等等），仔細比對吉娜薇亞的死亡場景，與先前那所在不明的童年居所，他猜想，聖艾修伯里應是有意混淆兩者的。如此看來，在作者的配置下，貝尼斯像是在同一所房子，或其實是兩個具有關聯的語境裡，經歷了吉娜薇亞的童年與死亡。倘若如此，則這個奇特的死亡場景並非贅筆，而是作者意志的徹底執行：青春鄉愁的維穩，與死亡如此相關，似乎，當吉娜薇亞不能是永遠的十五歲了，吉娜薇亞就必得被帶回那個原初場景，執行自己的死亡了。「女人的臉孔閉了起來」，這跟路面一樣硬的字句，這彷彿非如此不可的場景，令他困頓良久。其實，很久以後回想起來，他明白，吉娜維亞之所以從未被描述過具體生理特徵，恐怕是因為她不能有具體的面目：如貝尼斯在終局前所言，她「只不過是一個心的建築品而已」。或者，她是這個青春鄉愁表述，用來抗衡空洞均質時間的某種廣漠無面目：任何落實的生理特徵，都將可能，會冒犯這位年輕的回溯者。他以為，這大約，是這種青春敘事最誠摯熱烈，同時卻也最專斷獨語的一個意志底層。

這樣的意志，令他不能不敬畏。因為，這意志總也比他預期的，更嚴格地在執行某種徹底或公正性：作者不僅處決了吉娜薇亞，還用小說最後三行，秒殺了貝尼斯——「飛行員被殺飛機粉碎郵件完好」，郵件似乎兀自在那銀河鐵道上滑翔，直到「安全抵達達卡」。銀河鐵道乾淨了，鄉愁小島解離了，「每一個物體都單獨地被拖離原本的位置重新放置」。十分詭異，整部小說一切敘事，在最後一個句點上，被年輕小說家重新歸零：寬容讓渡所有人的空洞時間，卻殘虐殺光自己創造的生疏主角。而上述兩件事，竟是不可分離的。

現代式

「反叛」在西歐文學上早已是一個重要主題。當異於他人的反叛者自覺強壯到足以承擔既有秩序，當秩序的可變性與安全性給予反叛者空間之時，就是現代小說真正的崛起時間。

——奈波爾（V.S. Naipaul），《奈波爾的作家論》

死亡是複合式的，在時間上是分散的：它不是時間停頓並後退的一個絕對而特殊之點；與疾病本身一樣，它有一種豐富的存在，可以用分析對之進行時間和空間的分割；在不同的地方，不時地有一個個的結在破裂，直到整個機體的生命、至少是其主要形態都停頓下來，在個體生命死亡之後，許多細小和局部的死亡繼續在瓦解著依舊殘存的生命群島。

——傅柯（Michel Foucault），《臨床醫學的誕生》

萊卡：原莫斯科街頭流浪犬，因是雌性，性情較好且不須抬腿撒尿，被蘇聯太空總署選為太空犬。一九五七年，牠成為地球生物史中，第一雙從外邊，見證世界全景的肉眼，也是第一位，死於地球之外的生靈。據說，從看見這顆偏斜行星慢慢遠離牠，到因機艙過熱而被燒死前，「牠嚎叫了好長的時間」。這是他主觀以為的，「現代」時段的始與終：萊卡那單音嚎叫，成為人類從外邊接收到的，最初的生靈音訊；萊卡那被焚成黑炭的屍體，如今仍在天上漂蕩，永不腐朽，永遠是人類天空景觀的一部分。有時，他抬頭看天，想著萊卡還在上頭漂。他最新搬入的房間，窗戶面東，與老家相同。五點半左右，天光就會篩進斗室，布散炎夏的氣溫。那時，蟬聲就會熱切唱起，慷慨萬分，好像其實整夜都這麼響，只是一時被夜裡漫漶的人聲阻隔，所以無從與聞。那時，他就會自然醒來，無論有無睡去，睡了多久。目光確認架上、桌上或地上書的所在，像確認時光的叢集或碎片，在新的一天裡，猶如未被擾動的岩層那樣靜靜落定，那時，就要提醒自己，盡快神清智明，讓渡將臨的浮懸與紊亂。寄居城市近二十年，盛夏向是遷徙之時。把不能再捨的書封箱裝袋，堆的綁的掛的，疊滿陳年老機車，如行動書櫥，在深夜，在終於涼軟招風的公路上，一趟趟滑向新住處。再沒有何時，會比此刻，更具體感受到文明折人的重量了。

累極，路肩停車，脫安全帽，躲進候車亭小歇。亭後，是鐵絲網，切沿河濱的捷運如今收班了，濃黑靜寂像一堵城牆，一道防線。馬路對面，簇新高樓拔地而起，零餘燈光一盞盞一層層，上升向視角的極限外。想像置身高處所見：田野、河灘、紅樹林與觀音山，被靜默清整成風景畫大小。風景模仿風景畫，至高者獨占的典藏。再騎車上路，去造風，讓氣旋擦過機車把手，呼呼振起兩袋書，像它們在低語，在咕噥，或在抱怨：如此年復一年無法安生。遷離是潛默的常態：在新暫居地，提醒自己，務要警覺；所以當規律作息，一日三餐，規律下樓接觸人，如潔愛性命，萬不錯過宿頭的行路者。這就下樓，乘電梯，直抵地下二層。推鐵門，掃見空無一人的投幣洗衣房，與一框一格，整樓層漫散的機車群。城市清晨，突然的科幻時刻。一地濕漉水光，消毒水混雜重臭氣味：銘記這一日，大樓汙水管，被住戶集體灌爆後第三天。牽機車，繞遠路覓食。巷口小廟，八家將陣頭將出陣，黑白條紋怒臉，蹲門口抽菸。臨早市，健身用品店全新開張，開放太空按摩椅試坐；阿公阿婆大排隊，微笑閒聊，像前赴冥王星早餐。拖曳偶見光影，回返斗室，再行整書，再次重見秩序。像如此借來隆隆雷響，午後一場暴雨，與夜的簾幕。無需搬遷的深夜，有人在樓下，狹窄中庭裡醉酒啼哭。對窗，男人繼續裸身馴狗，對一割除聲帶，蹦蹦跳的白貴賓，重複粗聲號令：「坐下」，「握手」，「坐下」，「握手」。如低伏水脈，鼓聲湧湧襲來，隔鄰再全音量放送起復古風電音。伸手，貼觸他所面的一壁，如感心搏，如見人影。

又一日了。這慢速繞離，北海地帶，遷徙近二十年，離家卻愈來愈近了，像真有什麼強大的針軸，讓他順著轉，去揮盡時光。又一日了，在整地帶最早與外接觸的河口小鎮，最早的離聚地上，他借閱店家報紙，借看電視，借聽他者談話，在心中，憑個人想像，暖化一切信息。憑空想像，像是對面，真有能理解他的故人，前來坐談。

抬頭望天，想像黑炭萊卡的慢速繞離。想像一受悲傷支配的視域，這作者與自身寫作疏遠又同在的感知，這穿梭運行的書寫邏輯，有其必要的繁複，如傅柯對寫作的初始想像之一：寫作是在以其流變，以「言說」（discourse）一詞基於字源學本意的「往而復返之運動，猶如穿梭」之姿態，保持對某種空無本質的直接凝視。只有在這凝視的想像狀態中，虛構的言說，與具體的實踐會不斷合一，也許，像一個人的想像，從背後追趕上，又不斷穿越過他自己。因此，每一次對言說實效性的自我論證，必然且自然就是：「要顯現話語運作的複雜綿密性；也顯現出談論它就是要去有所作為。」猜想這當中，撞擊出寫作者將書寫與作者，虛擬成實境同在的光熱。那是在個人哲學生涯早期，考古學時期，傅柯想以此，摧毀任何穩固不變的研究方法論。

然而，只要書寫一啟動，「合一」就注定是假象：「顯現」一詞鋪開時序，而具體實踐將永遠始於虛構言說歸於沉默之處。於是，受早期傅柯法則支配的每一次言說，都在離析言說最想追求的效用。也因此，早期傅柯式的言說，其實像在追求言說自身的終結；追求（如「精神分析」式語彙一樣）某種「生命及其功能和規範就建立在大寫死亡（la Mort）的寂靜的重複之中」的喧噪。寂靜的重複。這種寫作，以運動中的緊張感自我分析，將自身效用的虛無，疊合向那個力求直接凝視的空洞本質。這雙重的自我廢黜，這個無法接近的核心，在沒有任何穩固的敘事結構支持的情況下，產生言說喋喋不休的動力，保持它如人造衛星般純粹循環，以此循環吞噬時間的孤絕姿態。似乎，正是一種言說的運行層次，使一種新生的敘事架構成為可能，而非相反。在這種情況下不證自明的是：某一受考察的特定主題，將與用以考察的言說如形伴影，兩者的「建構規律同時也完全合法地是其存在的條件」。也就是說，在傅柯的理想中，考古學應該完全是關於言說表面形式的深度考察：考古學式的言說，就是關於這個考察的具體描述；而這個具體的描述，在想像的「最終」，將用一種以所有能指，替代那不可定義的所指的方式，形構自身的本體論。於是，在考察的過程中，「考古學能做什麼」（具體實踐）就是「考古學是什麼」（虛構言說）——最初的「合一」與最後的「合一」遙相對應；如此，考古學式言說在注定失敗的臨界線上，完成自身「本源的隱退與復歸」。

他以為，這是一種艱難的抒情，這不免要讓作者，像他人那樣質疑自己：為什麼在他化約與封閉話語的作為下，「好像話語沒有申訴的對象一樣」？或者，當他明顯拒絕以可解的敘事結構，去追索可被定義的起源之時，為何「某種起源的化身仍會在描述過程中召喚起幽靈式的回返」？

關於以書寫，與那吸引自己的主題形影相伴。「具體描述」，或者，「用過分的細節為概括性總結提供證據」，這是傅柯慣用的修辭策略，也是整個考古學時期，傅柯予人深刻印象的一種行文「風格」（style）。海登・懷特總體分析傅柯式言說的修辭與風格，指出傅柯「精心設計」修辭的目的：刻意以看來沒有中心的話語，提防論述時，因語義超聯結，所共構的先驗超越性。簡單說，此時的傅柯，以有意膚淺的風格，消解話語的表面與深度間的差別，以避免個人言說，被人節省地引用。懷特藉由「轉義修辭」理論，對傅柯行文風格進行考察，定義出傅柯，和他以考古學法則考察過的那些虛構體裁作者——例如布朗修與胡塞爾——在修辭與行文風格上的相似性，於是，傅柯用以描述這些虛構體裁作者的術語，「我們可以將其應用於他自己的話語之上」。

這幾乎呈現了考古學內在的精神徵兆，同時，這恐怕也是考古學式言說無法藉由結構彰顯的魅力所在；也許，比人們想像的更為表裡合契：考古學是以自身在方法論上的本質空洞，獲致如影隨形的語言能力，在言說層次裡，成就「影之分身術」——它事實上是，而且必須就是它所評述之文本或者知識領域的，某種總具反諷語相（mode of irony）的諧擬（parody）。《外邊思維》，傅柯的繞口令：「虛構作品不是要讓我們見到那不可見者，而是要讓我們見到那可見之不可見是何等的不可見。虛構作品與空間之間深刻的關係即由此而來。」

這既是評述布朗修的作品，也是傅柯藉助於布朗修的自我言明。這言說的熱，這提取他人話語，從而自我勾勒的極限運動；或者，這總與評述標的，如同組DNA般迴旋共生的鏡像對應關係，並非單純的模仿，或單純地追求轉喻之相似性。對寫作者而言，這恆常像是雙向的基因改寫：讓自我的文體，成為自己所定義的他者之文體，而「最高的文體是自覺地將這一遊戲理解為自己再現的對象」。傅柯：這表明了「在某個時期以事物的秩序」產生的話語的「偶然性」——它暗示著話語自身，和「作為話語的想像主體之實體化的『人性』」的終結。

很久以後，從這些纏繞的話語裡探出頭，他比較明白，也許，這該是書寫者早期風格的一個重要面向：在雙向改寫的關係中，自我的終結，和他者的終結迴旋共生。如早期的傅柯：似乎，考古學真的意在以最冷凝的姿態，以亦步亦趨的細節仿擬，用自身的終結，諧擬世間一切真理，知識與社會實踐——那廣義的人文科學——的終結。它的謬論，就是人文科學的謬論；它不斷用自身效用的虛無，疊合向那個力求直接凝視的空洞本質，這雙重的自我廢黜也於是，就是所有人文科學在發動之初就已決定好了的宿命。不是虛構文學應該像什麼，而他應如何評述或建構它；而是，他的繁複書寫就是哲學，就是小說，就是詩：「我只能想像，我不能想像的。」

將時間喻為長河；將人生喻為夢；將死亡喻為睡眠。比喻是謊言的伊始，或者如康德，《邏輯學》：所有錯誤都源自相似性。傅柯著迷於思索這錯誤的相似性，如何被當作知識與研究方法的基礎，以及「社會實踐中所有等級制度的根源」。簡單說：在傅柯的認知中，真理或知識的根源，與社會實踐中所有等級制度的根源，確實疊合在「相似性」這一錯誤概念上，那個空洞的，必要被想像出來的，讓考古學式言說從而發動的「最初」。也許，以一種遊戲的心情，傅柯自覺地誤用詞語，將仿擬科學式言說，當作考古學式言說反諷大業的一環：他想再現一種特定言說的偶然性，從而，也就再現了這一言說的沉默的虛構性。他以為，在鏡像關係之中，考古學式言說仿擬文本與知識的大滅絕，或者，將文本與知識，帶進自己小小的滅絕裡。

如果時間不能轉喻，時間的空洞本質是什麼？如何說明，如何想像，這也許是的最後科幻主題？似乎，當時間無以轉喻，虛構體裁的空間演練，反而集中地回返哲學的古典命題，死亡。如蒙田摘錄基督一神教君臨歐洲之前，哲人們對於死亡的描述與思考，他引西塞羅的話，說明：「人類的一切智慧和思考都歸結為一點：教會我們不要懼怕死亡。」在科幻領域中，大量的從一「真實世界」開灑而去的虛擬層級，對單一肉身情感與記憶的無限次提取重製，與對那惟一一次真實死亡，在層級重置中迴避或戲耍的非轉喻想像，在西方，也許回應著神學焦慮，或如德勒茲所重整的哲學提問：何處找到人認同的保證呢？

傅柯：以語言，將自己表現成存在於自己之前，之後，直到無止無盡的自我反映，和死亡有本質的親密關係。一般說來，若以《一千零一夜》的莎赫札德為例，敘事常被視作是一種延宕死亡追及的實際作為；是在保衛自己，在遁逃，閃躲，不讓自己被全然的靜默給追上，給擄獲。或者，這依舊是一種幻術：藉由敘事，敘事人現身於自己並不在場的地方，從而擾亂時空畛域與邊界，一種「在自己之外」的經驗。於是，受這種存在於語義之外的死亡引力，所啟動的敘事作品裡，作品樹立的，是「全世界的他者」。

自我與他者，如此在一虛擬界線上繁複迴旋。他以為，當敘事運作依舊正常，意即，當敘事人猶能抵禦那始終存在的死亡之誘引時，死亡，以及（伴隨抵禦死亡的意圖而生的）寫作的理由，會被敘事人嚴密地隔絕在語義之外。所以，敘事人將不會在作品中，喃喃解釋死亡，與個人寫作的理由。恰好相反，他會以個人方式，親手在作品語義內，布置連串謬論式的錯置。他會似乎對生命，對人群，對生活中的悲喜，或對某些不具詩意的瑣事，產生幽默的興致。簡單說：他在藉由寫作，閃遁寫作的理由。某些時刻，這是這類敘事作品，難以被真正理解，被真正讀懂的原因；某些時刻，這也是這世界充滿如此多天花亂墜，假以亂真的「贗品」的緣故。情況會變得複雜，是因為深刻的評論，難免要將上述「單純的抵禦」帶進作品的語義之中，顯像，或者終於像捕捉住敘事人的死亡一樣，在作品語義中捕捉住敘事人對死亡的謬論式錯置。然而，因為語義是有層次的，所以這種對死亡的記號式捕捉，將難免是片段，具時差與千里迢遙的了。

班雅明有一個極其特殊的視野，他將「死亡」這一無法言明的概念，輕巧地置放，保存於作品的真理內容，與題材內容這兩層語義之間，而這兩層語意的互相分離，決定了作品的不朽。他沒有讓死亡，被語義吸收，反芻，再藉由評述或批判重組，對他而言，死亡自自然然地，就是藝術作品的判準。對班雅明而言，真正具有洞見的批評者，想必是在與作品相隔甚遠甚久後，他們猶能縝密地打開語義的夾層，拿取出那些保存良好的死亡以為柴薪：批評家就像「煉金術士」，「只有火焰才保持著誘惑力：亦即活的東西」。或者如這一名言：小說有意義，不是因為對我們展現了別人的命運；小說吸引讀者的，是借他所讀到的一次死亡，來溫暖他冷得發抖的生命。

這麼看來，也許，傅柯有意就在明顯可辨的風格形式中，藉由「冗長的句子」，「插入語」，「重複」，「新詞的使用」，「謬論」，「矛盾修辭法」，「分析與抒情段落的交替使用」，「科學與神話術語的混合使用」等等，以形式自身的內容，在作品表面，造出語義的夾層，如此，他就在作品表面，在某個突如其來的段落，召喚與藏存了死亡。所以，傅柯的早期書寫中，這些一次一次盤旋而來的，比許多聲稱是虛構體裁作品都更具想像力的抒情段落，如《詞與物》中，「人將被抹去，如同大海邊沙地上的一張臉」這一關於「人之死」的詩意結尾，會不會，實在過於專注的，全都是關於死亡的言說呢？如《古典時代瘋狂史》裡面，一切繁複的論述，不能自已地反覆捶打一個簡潔的命題打轉：「以嘲弄接替死亡和死亡的嚴肅性」，瘋狂就是「作品的缺席」，它是構成毀滅的時刻，並且在時間中建立起作品的真相；它勾畫出作品的外緣，崩潰線，以虛空為襯底的側影。

突然間，那麼多的聲響，輻散出一個早已藏存的他人之死。那其實是起始，亦令人悲傷地，彷彿總是最後，才能由人在靜默中感知的事了。一種風格，一種抒情詩的質地，奇怪的是，那些閃現光澤的段落，在考古學法則已被重重修正，原則上遭到遺棄的此時，他仍不時想著。對他而言，簡單的事實只是：絲毫不受考古學法則的重重謬論所影響，亦無須在評論或批評中重解，傅柯對死亡的描述，不在外邊，不在內裡，就被留存在言說的表層，以他個人遣詞造句的方式；一如火焰。不過，當然，昨日，較年輕的他已知：那是比喻，所以簡潔成謊。

他將隔鄰復古電音人，喻作「小男孩」，像法國國家警察在祕密檔案中，對所有受監控人物的暱稱，無論他們年紀多大。隔牆，他想像那反覆而規律的一室爆破，是某種劇烈到忘言的個人抒情儀式。想像小男孩，在一個據說「一切堅固的東西都煙消雲散了」的年代裡獨舞，試圖掌握一個並無實質的現代世界，將它暖化成自己家。那個年代裡，人們想像，確有一個步伐異常快速的現代生活，已將所有人拋在腦後了；人們於是各自嘗試，以種種藝術、宗教或政治行動等，以各種行動間的交雜作用，判定一個持續追索的過程仍然有效。這大約，是從遠離的模糊背影，模擬一個正不斷遷徙之實體的存有：將個人所感、所知的世界之碎片收集，清滌，在獨特規則的維度裡重組，被辨識，與被個人認領。據說，此即現代性體驗：借閱來的，或具體感知的，以看似個人化的方式，沉浸在關於時間與空間，自我與他者，及生活裡各種可能的經驗表述中，一個人，乃能在真正追趕上那模糊背影之前，預先成為現代主義者。

也許因此，現代主義本質上是一場無法完結的演習，沒有終點的反叛：任何一種現代主義模式，均是被造來，朝向不可能實現的想像；從而在建造時，即注定它落成的命運，是被離棄。隱喻上的巴西利亞城，是地表上，精心統整與規劃的理想矩陣，亦是定居者感知中，那如曠野般，空無一物的可怖異境：遠方還在城外，並未被企及。想像一座烏托邦之城，在落成那刻，分裂成無數孤寂的密室；想像一個旅人，在風塵僕僕抵達那刻，即看到各條筆直通暢的大街，四面八方召喚著離境的另類迷宮之城；想像，是否有一種夠強大的利瑪竇記憶術，能全面編碼，與綰合這些蜂房般的現代生活：第一間，和一室藏書睡在一起的唐吉訶德；第二間，濕潤的眼從未見過泥地與野草，恍惚夢見自己遠吠過一聲的狗；第三間，前後左右上下，在半空中不斷拓印六面心跳的無言嘆息者。第四間，第五間……。值得記存的，會是什麼？

小男孩監控與管理自己生命，其實已是對自己最嚴厲的警察。小男孩擇造值得記存的，以個人抒情儀式，重新發明自我時序：以現世的物質性，生出未來，與自我的先祖。現代劇場的「先知」亞陶，即追尋以一己肉身，示現古希臘儀式性劇場。在諸般《啟示錄》式的話語中，亞陶在省略推論過程的情況下，將歷史中已消逝在「過去」的，可能在「未來」重現的，和論述建構中對「未來」敗毀的擔憂，以及為此而重建的「過去」全部混為一談，完全地暴走。他像殉道者，死盯住「真實性」這一互涉點，像盯著自己將以獻身的十字架軸心。在他眼中，此外無他，於是這互涉點異常放大，使他鎖定美學表現的層面，以一種「戲劇只能是儀式」的決斷來談論戲劇。

在社會性功能上，儀式和戲劇相關：第一，兩者均可能以一種最直接的方式，處理活人間的社會關係；第二，我們的確很難想像，儀式可能在不藉助戲劇因素的情況下，實踐其展演。儀式和戲劇之不同，在於戲劇止於陳明關係，而儀式在陳明關係之外，還可能進一步改變舊關係、穩固新關係，如各文化中的成年禮。如果論述止於此，那麼似乎，古老儀式的確像是更有效力的現代戲劇，一如亞陶所認知的與所追尋的。此外，對亞陶而言可能更重要的是：戲劇慣常將其展演，置於虛擬的幻覺時間裡而得以為觀眾理解；然而，儀式的展演，卻似乎永遠必須存在於與參與者同步的真實時間裡。意即，儀式的效力，高度仰賴參與者對現狀的共識——所有參與者，為「當下」而集體在場。

如此，儀式的矛盾與複雜，在於它運用嚴格固定的戲劇性因素，驅逐與戲劇相黏著的特定虛擬時間，讓「當下」在參與者中顯現。對參與者而言，再沒有什麼，比這更要求全然地投身，嚴謹的訓練與精確的身體展演。對亞陶而言，理想的劇場一如儀式，是驅逐虛擬時間的保護與包裝後，由參與者直接承受的「在場」。以詩一般的語言，亞陶指出：參與者是在全然清醒的情況下，有意識地向比意識更強大的屈從，這才是他所期待的，儀式性劇場對社會如「瘟疫」一般的破壞力量。

亞陶論述的關鍵盲點在於：他完全以儀式展演，在美學上可能會有的效力，取代了儀式被預設的社會性功能。事實上，各文化裡實然存在的儀式，基本上，必然有助於穩定社會，使社會在通過儀式後，更堅實地回歸已然存在，且通常是傳統而保守的常軌之上。對存在於傳統中的儀式而言，一如集體所接受的敘事套式，慣例是一切：無論儀式展演，在美學表達上如何劇烈狂暴，所有曾經存在於歷史中的儀式不可能是革命，反而是向現況回歸的召喚。若非如此，儀式在歷史中不會成立。於是，如果亞陶溯古的心意果真如此堅強——他想要重建的，是古老儀式的戲劇性展演——那麼，這樣的展演對社會而言，絕不可能具有如「瘟疫」那般強烈的殺傷力。這其實，才是亞陶，在專注於美學的邏輯，推演儀式性戲劇的「本源」時，所可能導出的，最根深柢固的本體侷限。

矛盾的是，似乎，正是本體論在推演中的侷限與謬誤，讓創造性的實踐作為，變得意義豐饒。更多的時候，創造體現一種內在的緊張：它是一種協商中的過渡物，它將普同的原則，細膩而活躍地與在地的，個人主觀的與時代的觀點互動；它有能力，將個人經驗連接上他人的經驗，於是，暫時，達成一種亞陶所定義的「至高的平衡」。危疑且執拗，在層層牽繫下，強力鍛造出的個人存在感，一種針對現代世界的個人泛音。

如此，在藝術作為中，真正的反叛並不可能。隔鄰的復古電音人，好令他傷感：這反覆的獨舞，這沒有鋪陳，亦沒有深度的快樂。有時，在夢中，他以為自己仍有一則通俗易解的故事，可對什麼人說起。或許，在那些難入記憶的蜂房，那些僅憑個人生活結界成的異托邦裡，確實可能，仍存在這樣一種古老的威脅：對個人之不受牽繫的極度恐懼。他以為，那是杜斯妥也夫斯基的《窮人》，深藏的主題之一。《窮人》並非杜氏最好的小說，但他仍以為這部少作，純粹沉靜得自外於後來紛至沓來的時光了。故事艱難而簡潔：在距離近到幾乎可對窗而望的兩間蜂房裡，一對男女選擇以書信傳遞，迢遙溝通；對彼此直接而誠摯的善意，卻總不可免地，因心靈不可互解，因為恐懼，繞路成了悲劇。未滿三十的杜氏，也許只在這部作品中，閃現了不被日漸成熟的反諷語境，所侵蝕的光亮：在注定無路可出的窮困現實中，杜氏似乎正藉由信息傳遞的迢遙，十足熱情地，認可了對話的迫切性，亦即重要性（雖然誤解可能總是必然的結果）。在後來，在許多現代歷險，都不免終究擲進虛無的徒然之外，有那麼一段時光，對話，取得聯繫，確實帶給故事中的男女，實然的喜悅；可以僅僅因此，就奮勇地互相鼓舞而活著。難能複製，這可能是年輕寫作者，才能擁有與自信的，潔淨的溫情。

多重的現代生活，在追趕自身實質的路上總體世故，什麼都不深信，萬事皆具喜感的反諷語境，其實是現代小說的基礎前提。小說在形式上的危疑，即因為它總不免牽涉到對秩序的可變性，與安全性之雙重理解。在這複眼時代，這一沒有終點的虛擬反叛之途中，一批批的反叛者，在更晚近者眼中看來，大約總是既革命，又保守的。準確地說，前行的反叛者在後世看來，處於一個中介的位置，如吳爾芙：她毫無保留地擁護一切新的現代書寫技術，並在隨筆論述中，以這些新的技術，索引文學曾有過的「崇高地位」：某種精神性，某種不顧一切奮勇撇開外來雜質，直面「生活」與「真實」的古典本質尋索。吳爾芙的閱讀與批評是沉靜的，傾向以外部框架，為各自特異的作者，定義一個起碼有序的各自場域，如狄福的野外，或如奧斯汀的客廳，這些所謂對「某個整體」的細心塑造。那確實，像安坐在一間藏書三代，不曾流徙的書房裡，作為一名讀者，對那些作者最古典的尊重是：辨明他們各自不相僭越的位置，此即進一步，陳明他們內在獨特性的基礎。

《普通讀者》：吳爾芙開放書房，面向「我們」的大街的方式，是如此數說星辰般地，分享閱讀的純粹愉悅。她極可能，裝作渾然不覺這樣一件事：在一個加速向難測之未來奔去的時代裡，人們正加速遠離，那種將智識，轉化為崇敬與悲憫的古典啟蒙立場。然而，一切書房與大街間的距離猜想，也許，本質上都是繁複的讓步與協商了：吳爾芙的放出星圖，企圖喚出蜂房裡，同時代的「我們」的言說行動，整體形塑，與虛擬的共和國情感，亦因此，可能是最反現代的，完全現代性作為了。

在一個房間裡，一開始，我們都是作為無愛之人，降生於世。在生命最初始的六個月裡，我們是嬰兒床上，世界的一部分。我們以為世界的一部分故障了，其實只是我們餓了，或尿溺了。我們恐懼，哭喊，於是，有一個人從模糊視角的邊界被我們造出、受我們召喚，前來關愛我們。是以我們知道：我們不是世界的一部分，而其實是世界的造物者，我們有魔法，可制約關愛者破空前來，無分晝夜。旅世第一年起，我們對關愛者的依賴性逐年減低了，但那演練魔法的依戀行為，卻被我們記存，也牢牢制約我們的一生。我們明白，原來我們只是有條件的造物者。我們練習獨處，在她的左近，感知所及的範圍裡。時常，獨處時的一切創造，都帶著她審閱的印記。是以我們明白，我們甚至不是有條件的造物者，而是扮演者，取悅者。我們依戀她存在的連續性，即便在她故去多年後，我們仍將她的目光收納於心，成為我們看世界的視窗。

世事應該要以其連續性取悅我們，這與世界的本質無關，而是關乎我的存有意義，與我心中鄉愁的正當性。世界應該是一則連續性的通俗故事，戲劇化的慣例是一切，如「造字者」近松門左衛門，日本世話淨琉璃的定義人。他把大街上借閱來的新聞，帶回書房，即時編寫成古典傳奇。如《曾根崎鴛鴦殉情》：以緊密，且不悖多數預期的敘事框架，演繹一件剛發生不久的事。他將現實生活中的一對殉情者，接濟進古典淨琉璃的幻化語境裡：一如預期，在死前一刻，他們已是人間一切苦難之後，可能的最乾淨最聖潔的樣子——不是結局凍結他們，而是他們凍結了結局：他們以直赴死境的專誠深情，預先獲得滌清與救贖。

那事關關愛行為的重複演習，層理世事，讓人生變得堪可想念。那同時，深刻暗示著幻術之防線：古典敘事或許能一時有效地，編整現實生活，但是，若要反過來，將古典敘事復辟成現實生活的舉措，則有被視作是瘋子的危險性。《唐吉訶德》：耽讀傳奇的宅男走出書房，披甲帶劍走上大街，一路走出總通過反諷，來自我表達的西方現代小說語境。這個反諷語境，所表陳的悲傷是：在那沒有終點的反叛路上，一種完全現代的生活，在邏輯上，對個人而言，亦可能，即意味著一種完全反現代的生活。

是以，炎熱的午後，在捷運站內，一群通體接近透明的小沙蟹中魔了，從站外的濕地爬入，在磁磚地星散橫行，嘗試爬下滾燙的鐵軌。一位小男孩一次次蹲地，用一把塑膠尺撈起沙蟹，一次次折返，將沙蟹放出八角窗格外。列車一班班加速駛離。這是整個慣性遷移的夏天裡，他親眼所見，亦有幸加入的，最古典的現代性作為。很想告訴什麼人，用最通俗的方式說；佯裝不知道世界已老，在一個沒有共同語境的世界裡，一個人走出他的蜂房，身後的一切即風化成沙，如《窮人》裡，那位書頁在葬禮的行列中飛舞的青年。屍體在前，在恆遠地繞離，讓一切話語皆往而復返，在大街上，皆穿梭成預先不可解的吶喊與哀嚎。

淚的方向

各種各樣的事情，他們談了很多。在他們的談話中，總是要加進去戰爭和墳墓的話題。我們的每個想法，都寫在一塊如同用那些鐵片做的牌子上，將軍琢磨著。每塊牌子上都有一些褪了色、生了鏽的文字，費大力氣才能認出寫的是什麼意思。牌子被風吹得直搖晃；那風是經常颳的，就像在那條河谷裡那樣。在那裡所有的十字架和牌子都彎向西方。他們問過，為什麼所有墳墓的標記，都向同一個方向彎彎地低下了頭。農民們說，這事兒是經常朝那個方向吹颳的風幹的。

——伊斯梅爾·卡達萊（Ismail Kadare），

《亡軍的將領》

文章接下去寫道，誰不信上帝，就必須致力於統計學。因為如果原初大爆炸誕生的不是一個宇宙，而是十的五十九次方個不同的宇宙，當其中的一個形成生命時，請不要奇怪。人類生命唯一合乎邏輯的、非神學的解釋就是，將空間（從而也將時間）想像為一整疊的世界，它每時每刻都在擴大，增加新的層次。一個增生的時間泡沫，泡沫裡的每個泡泡都是一個獨立的世界。一切可能的事，都在發生——這家漢堡的新聞雜誌喜歡這個標題。

——尤麗·策（Juli Zeh），《物理屬於相愛的人》

在房東的前院，可以看見牆內有兩株樹，一株是緬梔，還有一株也是緬梔。在其中一株樹下，她這麼想，不禁笑了。「笑三小朋友。」在另一株樹下，二房東問，頭也不抬，繼續掃除掉落一地的花蕾。那倒是二房東最常跟她說的一句話，從語用學角度，可解釋為親暱的表示，當二房東自尊未受創，心情也不錯之時。二房東不太理會任何「奇怪而高」的事物；二房東本人，卻是她見過，最「奇怪而高」的女子了：從頭到腳，長得像一整條門縫；年近三十，在她的島上受完國民教育，但基本上是文盲；但因多年走闖異邦，能說文法全錯，但說服力比誰都強的英文。因為更多的「但」，二房東於是就成了關於生命需求，有力而健全的代言人了。「傳統物理學的思維，無法解釋為什麼宇宙極其準確地符合生物生命的需求」，尤麗・策筆下，那位單純而倒楣的物理學者，焦慮著這樣一個命題。這命題最終導向平行宇宙，或多重世界的假說畛域；而在被更神祕卻直接的事物擊倒前，這位學者確曾努力過，用最符合邏輯的話語，陳述一個平實到完全可任她濫用的推論。

神祕，然而直接：她的二房東，和這兩株緬梔，在這異邦的相遇。她理性承認，那確實可能「美」；差不多，是一種超現實觀點：雨傘，縫紉機，在手術檯上什麼的。二房東會不耐煩其繁複，物理學者要期艾於量子因果論被科普地濫用了；在一個尷尬的中介語用程度裡，她思索眼前世界的條理。這是可理解的：機率問題，對自我以外的一切較無感性的體質強健之人，比較可能在跨國移工的無依生活中，日復一日存活，且有所聚斂。這幾乎是演化過程不斷證明的王道。這是可想像的：也是機率問題，俗稱「雞蛋花」的緬梔，因為耐旱，能在貧瘠的熱帶紅土扎根並快速拔高，一年成蔭，所以是它倆，而非其他，此時此刻，這樣立在房東的前院。只是有時，雖然那樣的時刻不多，但偶爾，當一屋子人都恰巧出門了之時，她獨自坐在亭階上，看那兩株緬梔，在前院寂靜且無人欣賞地滿開，她會想起，一屋子人裡，卻正是，就只有那最無感性的二房東，會去務實地除草，務實地照顧它們，使它們開得那麼好。

她明白，緬梔會獲得厚待，被嚴格地照看，乃因前院是二房東的「戰略位置」：基於過往生活經歷，或心中一點無法廢黜的古老恐懼，門縫一樣的二房東執拗地相信，房東會不定期像一陣悠悠的風那樣悄悄飄過，監看自己的財產是否安好。明白這一點，明白緬梔，可說是華美地，盛放在移工王者二房東的莫名恐懼之上，這總帶給她一種複雜的感受。很難相信一個世界，是依於一位觀察者而運作的，物理學者煩惱著這個問題。她猜想，學者該來和她的二房東促膝長談，定能獲益良多。

每當二房東直起身，頭插進枝葉裡，窸窸窣窣，煩躁地計量著什麼之時，她就想像，世界就此又分岔了，在另一個旁生出來泡沫世界裡，務實的二房東變得更強了，二房東現在砍掉這兩棵麻煩的樹了，將要像她務實島上的許多人一樣，用水泥封平前院，多蓋些房間出租，或規畫成背包客露營區，一個人頭每週收八十塊本地幣，之類的。她想像，在無限泡沫的其中一個裡頭，自己正在水泥地上露營，頭歪出去，就能望見永恆的南十字星，所以笑了；所以，在這目前可見的惟一一個泡泡裡，就又挨罵了。

南半球盛夏的傍晚，奇怪而長，當她幫二房東收拾完雜枝枯葉，夕陽和月亮還一起在天上晃晃悠悠。暑熱流去，在弱化的光線底，這城郊住宅區的本地人，全都換上運動服，開始沿人行道跑起來了。這整個住宅區，此時差不多像一個運動場；這整個國家，其實像世界裡的一個巨大公園，在每一個街角，在每一條大馬路的盡頭，都能撞見婆娑樹影，或全無圍籬，蘆枝綠岸的森然湖泊。長長傍晚，烏鴉在枝椏間連天唱和，那既空蕩，又喧鬧，總給人一種無由無著的恐慌感。那時，她特別願意相信，所有移動中的事物，一切存有，可能，真的不過是漫長時光的一種織網形式。如物理學者，要人去想像從高空，為這樣一個平凡的茶杯，所拍的一張曝光數百萬年的照片，「它顯示的將不是茶杯，而是一個無法穿透的編織物」，過去，現在與將來，這個存有「絕對是和一切聯繫在一起」。但願如此，她想，否則，情感上，這不容反覆驗證的人生，就真的太不值得活了。

應當深信，數百萬年後，這想必已不存在了的一切，一定另有啟示，無論對天殺的哪位觀察者而言。傍晚，在空闊海洋，與內陸平野通流的涼意中，她走上亭階，打開門，一股熱浪從屋子最深最深的內裡炸開，襲來。一屋子，高高低低擠住在三間房的十四個人裡，有一半如今醒了，在走道，客廳與餐桌前漫遊，果真形同光影，發著毛邊。二房東政令：要省電費，不准開冷氣，否則驅之別院。人人揮汗，醒時夢時，讓室內空氣濃厚如流質，以強大的比熱容，蓄積一天下來的熱能。絕對如此，非常明顯：在一個焦灼的，粒子運動活絡的密室裡，所有人都帶電，都拖曳著過往所有時光，從近逝一日，到憶往算去，和他一起被關在泡泡裡的，總體消亡的族裔歷史。歷史的塑形能力如此常隱，卻輕忽不得：不到異邦，她還不知道自己，能一眼就辨出同胞來。

這些人，這些與她來自同一座島，在那小小島上，可能一輩子都不會謀面的人，如今，在這幅員遼闊的異邦裡，擠坐在一艘炙熱如焚的王船，或救生艇上了。應當深信，其中不乏啟示。回來睡覺，出門上工：白工，黑工，或缺工待業；早班，晚班，或沒班的焦躁；一群人在門裡門外進進出出，去雞肉工廠不停剁雞肉；

去草莓園不停摘草莓；去某個廚房不停洗碗盤。總之，不停對自己，產生一種「在自己的生活中只是做客的可怕感覺」。只有在他們走進明亮的大賣場，或餐館時，看見那些雞肉，草莓與餐點的價格時，才會對眼前惟一的現實，產生一種最素樸的超現實看法。當然，那也讓彼此談話和價值衡量，回復到最素樸的層次了：哪裡有什麼正在特價；哪裡有工作；妳時薪多少？

只有阿弟不在乎這些。阿弟可能才是最本格的超現實人物；在這個總顯得無厘頭的世間，他極可能，完全坦然地從未想過：我這是在哪啊？他大約形同是被父母打包在行李箱裡，由人提著過海關，再被寄放在二房東這裡的。父母並不缺錢，所以阿弟也不缺。父母要阿弟出國歷練，不要宅在家遊手好閒。父母定期匯錢來，權作阿弟的打工費，阿弟也就完全坦然地，宅在這艘女工的王船上遊手好閒。阿弟對日常生活全然無能，對什麼都沒意見，脾氣遠勝寵物，所以是二房東最喜愛的房客。阿弟有放飯時蹭飯吃，沒飯時找乾糧泡麵，找不到時咬水龍頭，都不吵人，也不出門，一派「我從來處來，我往去處去」的羅漢法相，有時，確也令她好生景仰。阿弟目前唯一的俗務，就是每週末傍晚，和她一同受二房東指派，搭公車去中國城找肉。

找肉：因為不到肉鋪，不知道什麼便宜，會買到什麼，接近摸彩。阿弟背書包，裡面裝要去換過的一週影碟和漫畫；她提一口購物袋。中國城在市中心火車站邊，其實不過幾個街區，再如何有創意的逛法，也花不了多少時間，不過阿弟就有辦法，以無動於衷的羅漢步，將街道走長。她走在前面，得不時停下等他，還得提醒他過馬路要先看右邊；她得等他進去漫畫店和影碟店，將一週光陰悠緩換過（別再複習周星馳了阿弟，那世界對你而言都太沉重了）。她站在街上，猜想除了中國城區外，整個城市的店鋪與櫥窗應該都拉下了，她想像從一個制高點看此時城市，城市裡，這中國城區將像一枚郵票那樣，小小正正地兀自放亮。出了城市，無盡的曠野就真的暗了。那許多條馬路，在交錯時，用幽靜的圓環，取代紅綠燈，每個圓環中央，都立著一株蘇蘇鐵類的高大植栽，是以，在天際低垂，全無光害的公路上，當你車燈照見前方，蘇鐵那巍然且坑疤的樹身時，你就知道，又到了十字路口了。當你不辨方向時，或當你太寂寞，你就把車開進圓環裡一圈一圈繞，一圈一圈繞。這樣你就有了魔法，能暫時喊停紛至沓來的時間：法令規定，四面八方，所有來車都必須暫停，等你繞出來。

大約真是空曠，太少人煙，這國人在某些場合，特有耐心：在自助結帳的櫃檯前，在自助加油的加油站裡，或者，在那些寂靜而漫無邊際的公路上，遇見路口時。這種獨特的耐心，使這國家有一種甚少變動的氣質，幾乎就像經過鬧鐘設定一樣，在每個週末此時刻，幾乎就是在這同一個街角，她都會看見那些像是從時尚雜誌剪下來的男女，從幾條街外，河濱區的餐館疏散過來，行禮如儀，毫無意外。他們經過市立博物館，那裡的陳設，和他們孩提時代一模一樣：在一座落成近四百年（不會更久了）的古蹟裡，從遊廊到大廳，沿參觀路線藏滿了動物標本，從魚類，爬蟲類、鳥類、哺乳類，一路迂迴直到二樓最內裡，那間禁止攝影的密室，原民捐贈文物館，在那裡，國家對境內唯一一次大屠殺的歉意，被正直而淺白地教導。他們經過博物館旁的市立公園，在那裡，一片有四座足球場那麼廣的草地上，一座戰士紀念碑還孤立在上頭，碑上刻了國家兩次參加世界大戰，所有犧牲者的姓名。這國家，幾乎將所有犧牲者都找回來了，《亡軍的將領》對它而言，是純小說。這國家，差不多是個夢幻國度了，它以季節相反的方式，以極簡之姿，參與了那個他們稱作「世界史」的東西。

那就是那些時尚男女，每個週末踏過的靜好世界了吧，她不知道是不是這樣的。她什麼都不知道，與他們擦肩，她是個異邦人，回城月餘還找不到工作，哪怕是他們不要的最底層的工作，存款快到停損點了，所以心裡有點怕。她提著一口購物袋，裡面用塑膠袋裹著生肉，好害羞。那是一種薄如蟬翼，環保而易腐的本地塑膠袋，所以差不多已經快要被它裹著的血水給化掉了。她準備將這袋東西提回去，連同一隻正在挑漫畫的寵物，獻給她的主人。她感覺自己，差不多退轉回遊獵時代了。

二房東要從事一週以來，最文明的活動：打麻將。「玩玩嘛。」二房東說。這說法也奇怪而高，因二房東從不玩耍的，她都贏真的。羅漢阿弟開始在身上口袋，在房間床上，在漫畫書夾頁裡滿路找錢了。本地鈔票上，那以塑膠膜高科技製作的透明防偽窗，似乎這才引起阿弟的好奇，他拿在燈下張了張，像從未見過似的（最好不要和它培養出感情喔阿弟，馬上就是別人家的了）。騎兵隊抬下好摺桌，架起，布達菸灰缸和啤酒杯，他們要在地下樓，原房東車庫打。這並無不好，車庫較不擾鄰，只是此時，在這無垠宇宙裡，她不巧是被收容在車庫裡。她捲鋪蓋，捲包袱收起任何不想被煙燻酒浸的什物，自動上樓，睡客廳。這也並無不好，客廳反而最空曠，最涼爽。她希望自己沒有表現出太自得的德性，留給了二房東某些要不得的啟發。她戴上耳塞，把自己埋進沙發裡，左躺右轉，等待夢的降臨，如果有的話。

夢是一種很奇怪的東西，它的魔魅與一切可能，其實完全是被動的，像卡達萊說的，其實是那個冷硬的現實世界，「挑選著夢幻、焦慮和狂想，就像提桶從井中打水一樣」，讓它們浮在夢境裡：「正是這個世界，從深淵裡挑選著它想挑選的一切。」它是一個暴食者，這個被假想為，還在不斷分岔的現實世界。很長一段時間，她這麼靜靜躺在彈簧突起的沙發上，吸著液態屍體一樣的溫熱空氣，想像著那個現實，與那道莫名深淵。她想像那些公路交錯的圓環，所織造無盡曠野，蘇鐵像巨大而孤寂的衛兵，一個個聳立在那乾燥的狂風地帶。那是國家的北面，月餘之前，她還在那裡，也許，在另一個泡沫裡，她還在那裡；就像當妳停留在某個地方，某部分的妳就再也無法被重拾起了那樣。那裡有無盡的紅土沙漠，就這樣一路延伸，沙塵滾滾撞進無望的大海裡，彷彿那麼大一片水體，也無法稍微緩解紅土的焦渴，反而加重了它：正午時分，豔陽下，那令人發怵的無底深藍反射光芒，使人目盲。

光芒中，什麼東西在跑，沿著海濱惟一一條街，各家各戶的前院跑。那是好大一頭變色龍，還是蜥蜴，她從來都不知道，像那樣的身體結構，可以跑那麼快。那時，她大概是在那條街上的宮殿，或健身房，或雜貨店，或車行，或其他店面裡。總之，是在女王資產的其中一處。女王幾乎擁有那惟一一條街了。也是女王僱她，和其他女孩來的。女王遣她車行的車，從國家最邊陲的機場，載她前去那廣漠荒野的夢幻街，車行大半日，手機沒訊號了，那是她有限的現實人生裡，第一次真的笑不出來，她以為自己要被抓去摘腎然後棄屍了。

她們一共有六個人，不定是哪六個，但「六」是女王侍從的常數。事情總是這樣的：一切可能的事，都在發生。你只是難以想像而已，但當它出現在你眼前，你也就理解了：時間在某些地方是不存在的，沒有信差，像那頭變色龍還是蜥蜴那樣快跑前來，告知女王，奴隸制的時代，很久很久以前就結束囉。當然，這完全是誇張的講法了，其實也還好，後來回想起來，女王就沒有那樣巨大，那麼暴虐了，應該這麼說：她只是個從未離開過那片荒野的有錢老婦人，不太理會現代人權理念；但她很上進，會上網貼看起來毫不奇怪的徵人啟事，也有她的排場和教養，起碼，她付清了薪餉，把每個被她，或被那片反光荒野，整得差不多精神耗弱的女孩，都原車送還現代世界了。

遣返的車，總在凌晨天未亮時開來，像行刑。因女王希望她在宮殿軟榻上睡醒，睜開眼，世界就已被更新了。那時的深夜，六個女孩中，總有人在哭，不定是哪個，總之不是她，她從小就不很勝任哭泣這種事。因為尷尬，所以那時，她總要說些搞笑的諢話。不記得都說過什麼了，總之是諢話，以前在島上的早餐店，大冰奶的塑膠封口上讀到的冷笑話之類的。或者講這樣一個歐吉桑，住在島上這樣一處荒蕪的田野間，一段闌尾一樣多餘的死巷裡所發生的趣事。講他失業多年，悶在家裡所執迷的各種嗜好：種小麥草，練笑笑體操，最近是做饅頭，為了買製麵機，小孩子一樣和撫養他多年的老妻吵鬧，氣炸老妻，之類的鳥事。

那條死巷，那些潦草房舍，那些在那島上，差不多從相似的各家各戶，走出來的移工們，有時，她想像她們是否可能，在一個相對較為和善的世界裡重逢。那些房舍，在夢境來襲前，她最後一次清算現實的光影，最後一次，想著那位物理學者的說法：因為不定每張房舍藍圖都能建成實屋，而每間實屋則應該都有一幅藍圖，所以實屋是「因」，那之前的一切反而是「果」。好吧，算你狠，她想著，那麼，關於她所置身的這惟一一個現實世界，她可以這麼說：因為不定每個悲傷的人都會哭，但會那樣哭泣的人，應該都是悲傷的，所以，那顆掛在那女孩臉上的淚，是這人間過往，一切令人悲傷的殺伐、歧視、敗毀與暴亂的起源。風來自不存在的將來，眼淚直直射向那引起分岔的原初大爆炸。眼淚是這人間，最忠貞而亙古的本質。

卷三

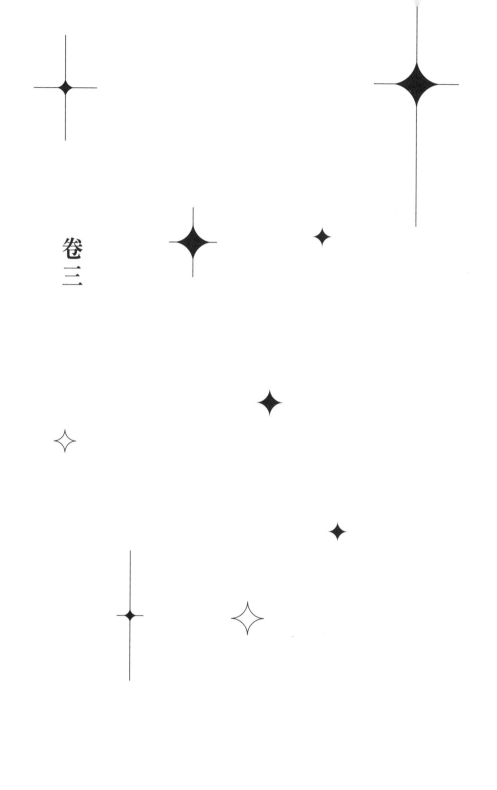

故事深處

我們的生命力是一種永恆的不成熟性。今天我們想到的、感受到的東西，對於我們的玄孫來說將必然是愚不可及的。何不今天就讓我們承認這些東西裡面包含著時間將帶來的那份愚蠢……而且迫使你們過早地下定義的那股力量也並非像你們認為的那樣完全是人的力量。要不了多久我們就會意識到，最重要的已不是為理想、風格、論題、口號、信仰而死，同樣也不是固定在這些觀念裡封閉起來；而是另一種做法：後退一步，求得同不間斷地與我們發生關係的一切保持一定的距離。

退卻。我預感到（但我不知道我的雙唇已經承認這一點）總退卻的時間不久就會到來。大地之子將會明白，他表現出來的並非跟自己最深刻的本性一致，而只是，也總是以來自外部——或者被人，或者被環境——令人痛苦地強加於他的造作的形式表現出來。因此他便開始畏懼自己的這個形式，並為這個形式感到羞慚，就像此前他尊重這個形式，為它而感到驕傲一樣。

——貢布羅維奇（Witold Gombrowicz），

《費爾迪杜凱》

惟一對十九世紀下半葉的家具風格給予充分描述和分析的，是某種偵探小說。雖然在愛倫坡的那個時代，擺滿豪華家具的住宅幾乎還不存在，但說這種偵探小說是由他開始的並不牴觸——偉大的詩人，都無例外地，與他們身後到來的那個世界息息相關。

——班雅明（Walter Benjamin），《單向街》

各國民間傳說與童話裡，也許都有「禁忌的房間」這主題，河合隼雄認為，那「代表著人類的心底深處」。這深處有時囚禁著令人驚駭的汙穢場面；有時，則正好相反，隔離了如蒙恩寵的華美與靜好。前者付諸情節，似乎較為簡明，如能劇裡的《黑塚》：遊方僧行到荒山，向女主人求住一宿。女主人答應，要求僧人在她出門拾柴時，代她看家，但不得窺看她的閨房。僧人應承，但當然，終於止不住好奇，直闖閨房去了。他看見房裡，「人的屍骸不計其數，高疊至房頂，其中膿血充斥，臭穢滿盈，屍肉盡皆腐壞」。那說不定，接近薩維亞諾在《娥摩拉：罪惡之城》裡描述的：擠滿一貨櫃的非法偷渡客，在跨越半個地球的航途中被遺忘了，盡數悶死、病死或餓死了。當船抵港口，鋼臂吊起貨櫃時，高空中，貨櫃傾斜，櫃門開啟，無數衣不蔽體的屍體，連同屎尿、血淚與悲慘的熱氣瀑流降下，炸裂，擠迫視野能及一切範圍。這個揭開的潘朵拉之盒，令遊方僧見了，「心亂肝失」，拋下一切，起而奔逃。這時，女主人「化為厲鬼」，怨恨滿溢，一路緊追，要殺掉僧人。還好，在被鬼追的過程中，僧人沒忘記自己惟一專長：誦經。那念唱聲使厲鬼無法近身，只好離去。離去時，她說：「隱居在黑塚，卻還是因為不夠深居而驚嚇到人，我的樣子真令人羞恥啊。」如此，無法克制好奇心的僧人，這才撿回了一命；而也許，那將腐屍爛肉，容留於閨房內，因被窺見而深覺羞恥的女主人，如今，得要連人帶一切自我的房舍，退卻到人煙更荒僻之地，或兩個世界的另一交界地帶了。

作為《黑塚》的對照組，如〈黃鶯之居〉。從前，有個年輕樵夫上山，在荒林裡，發現一座從未見過的豪宅。樵夫趨前察看，看見「房子的後面有一個籠罩在霞光裡的大庭院，其中種了各式花卉，還可以聽到各種鳥鳴」。這時，一位美麗女子，從屋裡走出，「仔細盯著樵夫一會，覺得他是個正直的人之後」，說她想進城一趟，請求樵夫代她看家，並交代樵夫：「不要去看後面的房子。」樵夫爽快答應，女子也就安心出門了。後來的事，就不難想像了：一如遊方僧，樵夫止不住好奇，打破承諾，去窺看「後面的房子」裡，到底有什麼。比僧人幸運許多，他好奇去窺看的房子，裡頭有一間又一間隔離著美麗事物的房間。他一一見識，心暢意快，甚至還在第六個房間裡，就著黃金杓，大喝從白金桶滴出的美酒，很快就醉醺醺了。

帶醉，他來到第七個房間：「一個瀰漫著花香的藍色大房間，裡面有一個鳥巢，巢裡面有三顆鳥蛋」。樵夫隨性把起一顆蛋，拿到眼前近看，一不小心，將蛋摔破了。從破蛋裡跳出一隻小鳥，「吱啾啾地飛走了」，好像變魔術。樵夫又打破另外兩顆蛋，它們皆各自化出小鳥，也「吱啾啾地飛走了」。這時，美麗的女主人回來了。發現這一切，她看著樵夫，哭了起來。她說：「真的不可信賴人類啊，你沒有遵守和我的約定，你把我的三個女兒給殺死了，我可憐的女兒啊，吱啾啾。」她這麼一面哭訴著，「一面變身成一隻黃鶯」，也許，也如同她剛死去的女兒那樣，「吱啾啾地飛走了」。奇特的是，沒有《黑塚》裡的含恨追殺，這位彷彿蛻變成亡女形象的女主人，只是輕輕飛起，將那盛大豪宅內裡，沿庭院與長廊曲折分布的各處絕美房舍，輕輕捲收殆盡，帶在身後，與她一同消失了。只留下這位，也許（如果這能比較的話）造成比遊方僧更大傷亡的樵夫，傻愣著，「想要伸手去拿放在旁邊的斧頭，這時才赫然發現哪有什麼豪宅，他只是呆站在長滿茅草的荒野裡面而已」。故事就此結束。

河合分析日本傳說體系中，這同一故事型的兩組細節對照，建立了頗重要的基礎通徑：在日本式「禁忌的房間」故事型中，美麗與汙穢實是一體兩面：「不論看到的是哪一面，都是屬於不願被看到的『羞慚』世界。」這使得日本式的民間故事，有別於西方相對陽剛，且終爾伏魔的男性冒險傳奇，碰觸了一種河合稱作「悲歎」的審美效應：疾停在空無之前，「悲歎」是一種「在故事完結前的最後一刻，因整個過程突然停止而引起的一種美學情感」。仔細想來，這確實信然成論。主要因為，無論具體細節如何有別，倘若單看整體敘事模式，分析故事型，則確實，正是因為自我保守的密室被人窺見，或密室寶重的核心被人輕輕折斷了，故事裡的女主人們，才因強烈的情感而變形為非人，收拾起她們布陣擺置的一切外部形式——這些庭院、房舍、牆柱、格窗；無論如何，這些靜好自生於荒林芒草間的一切隔離居所——從而，更加退卻到不知所終處。這麼一想，在這故事型所疾停，並瞬間掏空的強大情感流向下，因自我羞慚而禁忌起的美麗，其實也就是自我禁忌起的汙穢。

關於故事中的女主人們，作為讀者，他猜想，大概不難明瞭，這個故事型以多組細節不同的故事，重複演繹著這樣一則訊息：某種高度擬態，以高度魔法假以亂真的人為房舍，並不真能容她們恆常以人形，以最低限度的接觸，生活在現實世界的邊陲。正好相反：即便已結界如實，已自足地生活在世界的邊陲了，往往，她們卻總是只因一念之仁，因為某些終究無法黜免的，太過人性的念頭（好心的收容，或正直的信任等），而如此快捷地，遭逢承諾見棄，與一切繁複自我演繹魔法無可救藥地再次崩毀。這確實令人思之戚然，因為導致崩毀的直接原因，其實亦是極其人性卻無甚深度的：那無可救藥的好奇心。如此，他以為，倘若美麗或汙穢的細節，只是一種權宜賦形，因此本質上亦可相互置換的符徵，那麼也許，這些細節各不相同的故事，共同描述的，或鏡像對應的，可能真是這樣一個無論語意如何繁複，其終結點卻總是直接而暴力，於是殘酷到令人惋惜無言，或悲傷莫名的世界：這些從不說明自己的女主人們，最後的留言總是——你看，這些辛苦疊床架屋，細緻地保守我的禁忌的這些華美靜好的房舍，因為你的粗率僭越，如今，我要將它們全數拆毀。我無法以人的面貌，再次面對你了。

說到底，這些情節簡單的故事，之所以引人繁複深思，大概因為，在一個直愣愣且暴力橫生的人類世界裡，羞慚，也許，本就是一種高度細緻的人類情感。

但有時，他認為這些故事的具體細節，還是重要的。主要因為這些故事，比方說，〈黃鶯之居〉裡的各個房間，實在太引人入勝了（他大概也像樵夫那樣無可救藥了）。且看樵夫打開第一個房間的門，發現裡頭有三位漂亮的女孩，正在打掃。看見樵夫，她們「就如小鳥驚飛一樣地躲了起來」。這初始的美麗魔術，讓「樵夫心中覺得有些詫異」，所以繼續前往其他房間。第二個房間，「裡面有一個青銅的爐子，上面燒著茶壺，壺子裡面的水正沸騰著，茶已經煮好了。」第三個房間，擺滿弓箭和盔甲。第四間，打開一看，居然是一間馬廄，「一匹健壯的黑馬披著黃金馬鞍，配著韁繩，全身披著有如傲立於狂風中之三山五嶽般的馬鬃，正踢著馬蹄」，哇。第五個房間，擺設朱漆的碗盤。這個遊歷拓樸學，明顯摘除了垂直軸、遮障，或省略了天際之上與地平以下的視野估量。於是，這樣的描述方式顯現的，是一種猶如畫片橫移的平行移動，班雅明式的全景幻燈。

漫遊其中，自然令人心生恍惚的原因之一，是在那樣的平移過程中，樵夫每打開一道房門，那房裡的莫名世界，好像也這才塌陷出一個必須重新觀察的維度，各就各位，成其景觀。打開一道任意門，出現在眼前的景觀可能出乎意料地廣大（一整間馬廄，裡頭的馬兒憤然揚蹄）；也可能，你的視野突然隨之深狹向裡，一下子從亂數之中，挑中，窺見一個空寂的細節（茶壺炊煙細細杳杳；或者，一顆酒滴凝結桶口，半空靜待重力牽引）。那樣的恍惚遊歷，或許能這麼想像：那像是在一長列無人的，移動中的火車車廂裡，獨自沿著走道向前行，每走到一扇窗前，都發現眼前的風景彷彿才剛落定；都與前扇窗並不相連，連比例都不同。一切所見皆華美，一切視野皆不合理，那確實會吸引人，想同時打開這一內向拱廊街的所有房門，使其如同櫥窗，在目光所及的範圍一起閃現。也許，當一切虛幻都被敞開，都在眼前總體示現時，那會使人感到另一種形式的「心亂肝失」。像你有幸或不幸，一次性，全面地窺見一個人心底深處，最光亮而慎重的靈魂碎片。

在那樣的時刻裡，你可能，就真的不會想動手去舉起那顆蛋了。

但當然，樵夫基於素樸的生命經驗，或素樸的醉意，還是舉起了那顆蛋，像研究野地上的一頂蕈菇，或枝椏間的一顆野果，拿在眼前張了張。這似乎頗合理：生命經驗會制約偵探精神的表現形式，很少例外，除非這人是江戶川柯南。樵夫也似乎從未像柯南一樣，從一個域外，思索一切細節所聯繫的總體景觀，再重新開啟各個房間，重尋會自我解釋的細節：與景觀的離合，往往，總是確證與理解景觀的必要程序。樵夫的漫遊，形同一種牢牢固著於自我生命經驗的異地漫遊。簡單說：對他而言，這是一長列華美的真實房舍，不是因為他到過這樣華美的房舍；正好相反：也許，正是因為他從未到過這樣的房舍，所以，這個房間裡諸般超出想像的細節，都單向為他添補了現實中，一座華美房舍「理應該有」的實存感——一如人們總以「像在夢裡一樣」，來佐證他們置身在美好現實中的落實性。如果，真有什麼行動能稱作「粗率僭越」，如果必得為最後的致命行動，找出深刻解釋，他以為，這整個遊歷所最終成就的，對樵夫的心靈視見，最危險的混淆，可能即是：受這華美房舍的實存感所吸引，樵夫漸漸遺忘他在第一個房間裡，看見三位女子像要就地幻化成鳥時，所感到的詫異之情了。

這個失憶是最致命的。他漸漸，融入個人對現實同語反覆的制約中：馬是馬，好漂亮的一匹好馬，而一匹漂亮的好馬應當就是這樣的；好朱漆碗盤；好酒；好顆鳥蛋啊（鳥與鳥蛋，這直接的關聯性，也不能再讓他稍稍憶起，自己在第一個房間裡的詫異了）。於是，樵夫漸漸漫遊成一位現代電視兒童：各個房間像各個快速切換中的頻道，初始什麼都奇怪，所以，後來也就什麼都不奇怪了。他退卻回個人的經驗制約中，而這會幫助他，在一個備受遮障的視域裡，挑中他自感興趣的特定細節與敘事。就像幾乎任何一位孩子，在個人的扮家家酒中，都會刻意忽略，或創意轉化如玩偶比例不同等明顯問題，所造成的遊戲困難一樣。

簡單說：在一個虛構的場域裡，受過訓練的名偵探柯南，將某種現實重新組好，託言於沉睡的小五郎並奉還他人，自身退隱與離場；與他相較，年輕的樵夫像是將個人的全副現實，融入米花市裡，並自得其樂地在其中生活，深受娛樂，但並不真覺有異了。

班雅明：家具的奢侈沒有靈魂，只有對屍體來說，才能稱之為真正的舒適。只有對屍體來說。〈黃鶯之居〉故事場域所全景代換的這整座豪宅，很容易形成一個心理學上的明喻：這是一座人類心靈中，過往的墳場。也許因此，河合找到故事對照分析的通徑：這座豪美華宅，實是《黑塚》裡，那從上到下，塞滿腐爛屍體的閨房的另一種空間型態，或更從容的平行展陳，摺扇場域。然而，奇特的是，這個平行展陳所寬容，或截斷的種種細節，非常像是一切器物文明的過早總結；它像是將某個文化鼎盛的過往時代，分門別類（支解）藏存的一整座博物館，或避難所：青銅之室，鐵矢之室，漆器之室，凡此種種。甚至，在樵夫醉步所能及，或終於被阻擋了的最後一間房裡，還藏存著孵育中的新生命，而比起其他房間的文明器物，這似乎才正是這整座避難室裡，最貴重的核心所在。他總以為，這個被墳場明喻給強力汰除掉的細節，頗值得關注。

仔細重省故事，整個故事是這樣開始的：「天氣很好」，年輕樵夫出門散步，無意間找到了這座豪宅，與這位美麗的女主人。女主人「仔細盯著樵夫一會，覺得他是個正直的人之後」，這才提出請求，囑託樵夫看家，也才有了後面的遊歷。於是，其實亦有可能，樵夫的通關遊歷，或這整座豪宅在這和好的一天，對樵夫的開放，是女主人有意的擇取：她並非不能預期，樵夫將會受不了好奇心的折磨，去窺看那些禁忌之屋。若這麼想，這可能是一個籲求理解的故事。理解什麼？在這個問題底下，那禁忌之屋的諸般細節，其實有了超脫心理學論述模式的整體重要性：理解荒煙蔓草之上，這整座被女主人以魔法暫留，如櫥窗，或書架般歸整好的器物文明，以及它最寶貴，卻最脆弱的核心所在。但當然，女主人是失望了，一個可能最根本的原因，其實是因為在那樣和好卻短暫的半天裡，要一個正直的年輕人，超越光速去理解，或同感文明的總集涵義，則可能，無論如何貼心的細節示現，都顯得過於治絲益棼了。這是一個非人的要求，若要能深刻理解，除非這年輕人是《第五元素》裡的神靈，或活過兩次的偵探。

於是，這座華美卻脆弱的避難室核心，就這麼被一位年輕人，總顯得過於粗率地毀壞了。年輕時的貢布羅維奇，對時間有一種特別的想像。年輕，指的是他還未搭上郵輪，出國觀光，在海上聽聞祖國波蘭再次被殲滅了，從此回不去了，於是在阿根廷過了二十四年惡漢生涯之前的那段時光。對時間的特別想像，指的是當祖國在時間上（而主要不是空間上）與他橫斷之前，他信任那時間的連續性，將導引人類向一個令過往所有前人都顯得幼稚了，愚蠢了的，光輝而文明的將來。然而，時間被一趟通往異鄉的航程給橫斷了，他幾乎像身無長物的屍體那樣，在異鄉的港口登岸，連語言都必須重新學起。時間本身，在想像中，就不再是那樣能自然傳承，與積累什麼的東西了：過往文明的退卻，是真的嚴重退卻，它在每一次不能由人總體理解時自覺羞慚，再次隱遁。

它也許，一次次捲收自身華美的版圖，裁抑一切和好示現的修辭，只以最寫實的方法，壓縮自己成明喻：一間貨櫃般壓縮大量屍體的閨房。它也許，仍然閃爍著一念之仁，挑選著它的遊方僧，那對它「理應該有」同情之人，呼求理解。但過往本身密度太高，太過推擠，那樣的示現太寫實，反而令人無法理解。人們只感到驚駭。它復又重新捲收起自己，縮得更小，更令人難以理解。它終於緊縮成一顆小化石，和許多各自畸零的過往，如今可能由一位收藏家，放在掌心上把玩，拿到眼前細瞧，或放在個人博物館的架上收藏了。時間彷彿是在這樣的情況下，一次又一次完成它的敘事循環：文明的或蠻荒的諸多細節，本質上是一組可不斷置換的符徵；〈黃鶯之居〉裡，各個房間都文明地封存了一個狂烈的「黑塚」，只是如今，它們在各自的蠻荒中，才終於靜好了。那時，在一個惠風和暢的日子裡，當這位孤獨的時光收藏家推開門，在蔓草間，他看見無數走過荒原的老少，都一邊走，一邊奮力甩著手。這是因為荒原上的古道，長久以來，是拖行犯人向刑場去斬首的必經之途。現在當然不砍人頭了，但沒人通知在荒野中繁衍多代的野狗；也沒人知道，牠們是怎麼教會自己的小狗子的：但凡在古道上，看見有人類手背在身後走，就緊緊跟上，會有好血可舔。他們這些萬物之靈，不知道怎麼通知狗兒，但他們知道，但凡在古道上走，務要這麼不斷將手甩起，讓狗兒張見，不再群起影隨。

那遠遠看上去，甚至可能是快樂的。看彼此這麼怪異地甩手，也就真的快樂了。那群體之姿，像平野之上，心無旁顧的跳舞娃娃。那甚至會使人相信（如果他願意的話），時間之中，那來不及長成的，其實都像牠們已經長成的那樣，「吱啾啾地飛走了」：沉重且羞愧，殘暴而寬容的時間，將會一次次釋下正直且無罪之人。即便他們什麼都並不理解，如同大多數傳說故事，教導我們的那樣。

禁地

她喜歡出門和熟人相處，如今常常找個差事出去老半天。有時候她沒時間做菜，就去買點熟食，和菜館的主人聊聊天，他們家在大樓的另一邊——是一間很大的店面，大櫥窗髒兮兮的，隔著油汙可以看見後院模糊的光線。不然她就拿著一堆盤子和小臉盆，在樓下某一扇窗子前面閒聊，隔著窗扉可以望見補鞋匠的鋪子，裡面有一張凌亂的床，衣服散了一地，還有兩張東倒西歪的搖籃和一個裝滿汙水的瓦罐。但是她最敬重的鄰居是對面的鐘錶匠，外表整潔斯文，身穿方領長外衣，老是用小工具撥弄手錶。她常常到馬路對面，只為了跟他點點頭，窺視壁櫥般的小店面，看那些小自鳴鐘的鐘擺高高興興走著，都在報時，卻都不準，她笑得好開心。

——左拉（Emile Zola），《酒店》

史密斯先生年屆七十，退休後，對異性的擁抱與親吻，陷入有生以來最強烈的渴望。史密斯太太六十五歲，與四十歲的男友公開外遇。史密斯先生不想阻止，因為半世紀的婚姻生活，讓離婚失去了意義。史密斯先生遇見五十六歲的瓊斯女士，他們只能在白天見面，晚上，瓊斯太太得回到瓊斯先生身邊。史密斯先生自述，我沒料到這把年紀居然會陷入熱戀，也終於不去想在一起的歡樂，是否超過別離的痛苦。因為以我們的年紀看來，長相廝守是有希望的。

——佚名，一份性學報告

小巷兩邊對開的商店，店面皆窄仄，其中一家早餐店裡，只容得下兩張桌子。他去了幾次後，就沒敢再去了。倒不是怕自己個大身體，和人擦肩碰膝，讓人不舒服，自己亦不自在。其實，他大多是買了早餐，就繞過小巷，到社區小公園吃。小小的社區三角公園，坐在裡頭，會覺得城市變成莫名安靜的小地方，望去，公寓樓房皆不高，皆大致保持這樣態一段年歲了，這麼立在彼時捷運與都更，尚未追及的地帶。有一天他發現，老闆娘一家四口，原來，都擠住在店面後方，廁所旁的儲物間裡：那儲物間和店面大小差不多，以三合板牆和店面隔開。開張時刻，牆門開啟，在層層疊疊的麵包籃間，從上下鋪高高低低，爬出一個男人，和兩個睡眼惺忪的小學生。他對老闆娘一家四口，一起睡在即將變成早餐的吐司和漢堡堆裡，沒有意見。他個人，滿喜歡這場面的：用今天的話說，眼前所見的，是能量守恆版的《變形金剛》。他一邊看著，一邊推算到了夜裡，老闆娘一家將以怎樣的步驟，很緩慢而人性地，把彼此，連同營生物品，再一一堆疊好，收納進牆後那狹小密室裡。

在那之前，傍晚時光，這早餐店首先會變形成家：在半拉下的鐵捲門後，兩兄弟一人各就一桌寫功課；老媽在餐檯的鐵板上快炒晚餐。一家人輪流到那壁櫥般寬的廁所裡洗澡兼洗公廁。擦桌子，清鐵板，當這些都安頓好了，夜裡，麵包工廠貨車就剛好載來隔日的麵包籃。一家人，從餐檯邊開始撤出空的，換進滿的，再從餐檯邊一路貼壁堆回床鋪邊；儲物間裡，只留下床到門的通道。拉下鐵捲門，大家輪流去上最後一次廁所，哥哥弟弟敏捷爬到上鋪，爸爸媽媽閃身沉進下鋪，最後進來的，闔上三合板門。那時，黑暗就又分成三格了。一格是只能獨處的廁所。一格裡有占去一半空間的餐檯，和兩桌八椅；兩張桌上，各放著兄弟倆的文書箱，兩把椅上則各掛著書包。隔壁一格，四人分兩層，被未拆封的食糧給包圍。媽媽扭開黏在上鋪床板下的隨身聽，收聽廣播主持人接叩應，放音樂。心情不好，就放《大家說英語》。讓小小空間，隨咻咻嚓嚓的電波變寬；讓一家人，悠悠遠遠各自熟睡。

這時，貼壁睡著的弟弟，千萬不要半夜醒來，覺得肚子餓了，或想檢查作業簿有沒有放進書包裡。後者打擾大家睡眠，前者折磨自己心靈。餓不住了，爬過哥哥，跳下門邊那塊方寸之地，偷偷拆一包吐司吃時，想著明天早餐夾料，總覺得自己人生，好像因為正預支什麼，而錯漏了什麼精華似的。想著明天早餐，潛出三合板門，到媽媽的餐檯找果醬抹，在餐檯邊抹著抹著，就覺得自己這麼忙乎半天，等會天亮還不是得再吃一次。總之，怎樣都不值得，呆呆躺著忍飢，也不值得。人生實難。

說不定，小巷兩邊對開，有許多像這樣的人家。剛剛攜家帶眷，在城裡落戶，在一塊租來的方寸之地，轉圜將來。眼前方寸生活本身，多少有點像一場持續經年的相撲賽。有時父母成功了，來得及在兄弟過完童年前，憑那一角店面，憑與生計多年的相撲，終於有了自己的居所。那麼也許，在那將來的客廳，當他們看那些將諸種生活，公開展示進同一溫情命題的日本實境綜藝節目，比如《全能住宅改造王》時，會有不同感受。節目通常總是這樣的：成年後的子女，邀得專家協助，改造他們童年時代的居所。於是，多年以來，他們一家遷就某種生活方式，在一窄仄空間裡共同盤旋，所形成的怪奇動線，與說給專家聽時，自己會尷尬傻笑的空間變形利用方式，如今都在同一居所裡，由專家貼心，且合理地重新整治了。那新動線，與整治後的空間彌足珍貴，總讓他們一家，流下感謝的淚。也許，在某種意義上，那就像過往被重新理清了：童年家屋如今對他們展示的，是一種他們竟不知道，或從不能如此做的利用方式。如今他們通過了，以改造相撲場的方式，徹底贏取了與生活的相撲賽。

與此相較，許多人的童年家屋，是不容他們在成年後，回來這樣改造與清整的，因那居所向來不為他們所有，他們從遷入第一天就曉得了。他們在成年後某天，會突然意識到的也許是，他們在臨時居所裡習得的空間意識，原來，如此綿長影響他們的人生。彷彿他們一生，都將穿著童年家屋到處走，那像是他們的皮膚，緊緊束縛他們，卻也是他們全身上下，面積最大的感受器官。當看見睡眼惺忪的小學兄弟，各自將文書箱搬回床上，背著好大書包出門時，他在想：自己能否像他倆一樣，經歷一個從來沒有私人抽屜的童年。這成人問題無解，畢竟因為童年頗神祕，它似乎寬大得可以容受一切，又纖細得會被一切給殺傷。

他在社區三角公園，等附近圖書館開門。圖書館，開在一幢陰暗潦草的公家建築裡，平常日子少有人使用；且當月報紙不需調閱，就雜亂堆在開架式櫥屜裡，這給了他一些方便。他走進閱報室，抽出一疊報紙，細細翻讀，一邊順手依日期和版面，整理好報紙，一邊就殘骸推敲，給人撕走的是什麼。這是他彼時的打工工作：拼布似的，從夾縫報導抽繹敘事，在腦中重新編整好，就筆記簿一則則重新寫下，最後，回去在電腦上再寫一遍，集組出給雜誌社的稿件。

這是一則：「宜蘭縣一名男子，趁老婆回鄰鎮娘家之際，打電話召妓，強調要限時專送。應召女郎雖火速到府，隔壁鄰居手腳更快，打電話到鄰鎮報信。信息傳遞雖快，老婆應變更快，抓了娘家姊姊趕回家。兩人趕回速度雖快，姊姊出手更快，立刻將應召女郎打成輕傷，男子與老婆力勸方止。這一切發生在大年初二早上十點至十點半間，事件中惟一受傷、跟大家都不熟的應召女郎，被依妨害風化罪嫌移送法辦。」這是一則：「台中縣一位吳小姐，半年內五度前往桃園縣龜山鄉找王姓前男友，要求與其復合，但王姓前男友五度嚴詞峻拒，甚至動手毆打吳小姐，最後一次甚至差點失手勒死她。吳小姐日前攜驗傷單前往警局報案，並透過警方傳話，只要王姓前男友答應與她重修舊好，她就馬上撤銷告訴。」這是一則：「高雄市一名邱姓女子於凌晨酒後，爬上位於六合一路住處的七樓陽台，意圖跳樓自殺，被警消人員以救護車押往派出所戒護。經過家人一番勸慰，情緒稍穩的邱女於上午自行騎家人的機車離去，不料卻在附近小巷內意外滑倒，手骨當場摔斷。警消人員原人、原車將她送往醫院治療。」

這是又一則：「台北縣板橋市一位李老先生，一九四八年隨部隊來台，為逃避兵役，購買一張偽造身分證，以假名娶妻生子，並在印刷廠工作到退休，他在今年向地檢署自首，並找到當年同袍證實身分後，終於回復本名。李老先生表示，他並不知道逃兵的法定追訴期只有十二年，而最令他傷心的是，他對亡妻說過的關於自己的一切，全是假的。」這工作初始是愉快的，主要因為，對彼時的他而言，那是一種個人練習：對那些自己並不真正理解的事，倘若能很安靜，很專心跟自己多說幾次；倘若能在一個固定的賦格裡，將整件事被報導出來，已知的部分多描述幾次，自己好像也就比較能推敲出，那未附著在有限空間中，未被寫出的，可能是什麼。毫無明確理由，但彼時他以為是的寫作，有一個重點，是關於如是推敲的演習。

不過，亦有那樣的時刻，當他帶著筆記簿，走出那幢陰暗潦草的公家建築，像走出一幢關於生活殘骸的資料庫時，睜著痠疼雙眼，他不免自疑：這一切敘事演習，是否真是為了，或真能抵達何方。其實，在一固定景框賦格裡，一個人所擷取與複述的，好像已總是龐然人類時間，不斷自證的：這基本上，是一個多麼寂寞的世界。好比朋友告訴他的那樣：如果你乘太空梭離境，穿出天幕，你會發現在真正的宇宙闃黑中，星辰其實十分稀少。這個世界，連天幕上，繁星點點的遠遠相伴，都是假象。或者，有一個自然主義小說家，如左拉的解剖技藝證明，而他無法否認的可能是：切入那隨境遇變形的內心之殼後，一個人碰觸到的，可能真的只會是一片沒有維度的闃黑。那無法由他，藉由重新描述去嘗試理解。因為無論古典或現代敘事，可能，確實沒有任何話語，是真正不動聲色的；差別只在於，對一名現代讀者而言，任何閱讀時產生的情感都是私密的，包括笑。

關於笑，神祕的童年與說故事。達恩頓，《屠貓記》，「靜止的歷史」（l'histoire immobile）：從一三四七年第一次黑死病肆虐，到一七三〇年第一次人口與生產力大躍進間，這長長四個世紀裡，法國境內戰爭、瘟疫與饑荒更替，尋常人難能活過四十歲；活著之時，很難父母俱慶。村落生活實況是：一家人通常擠睡在同一張床鋪上，家畜環繞以便共同取暖，父母從事性行為時，小孩成了無法置身事外的旁觀者。因此，相當反盧梭的《愛彌兒》教育法，但相當合乎弗洛依德式心理學的是：漫長四百年裡，法國人並不將小孩當作天真無邪的受造物，「兒童期」不是一個有別於「成年期」，不是一個可以根據特殊服裝與行為風格加以區分的明確人生階段。這也是為什麼，在這四百年來的法國口傳文學中，充滿了那麼多後母、性侵兒童者或殘虐的恐怖孩童等人物典型。

其次，四百年間，法國農村根本不是什麼快樂和諧的共同體。由於殘酷的生存競爭，每一次歉收都具體造成鄉村經濟的兩極化——富農愈富，貧農愈貧。恨上加妒，再加上利益衝突，使農民將鄰人當成自己最大的敵人。這也是為什麼，口傳文學裡充滿圖謀不軌的壞鄰居，以及在路上衝州撞府，憑計謀或故意裝傻來捍衛自己的遊民英雄：口傳文學呈現了法國農民生活的雙重背景——一個是家庭與鄉村；另一個是公路，「在路上」。口傳文學：路流人的鄉土，其中具體的殘虐與黑暗，說明了當時一個尋常法國人可能即臨感受的社會語境：相對於現代人所認知的「啟蒙時代」，常態看來，那其實更是一個舉目皆是後母與孤兒，天地不仁，勞力無止盡，感情生活之粗糙與壓抑令人不忍卒睹的世界。

「令人不忍卒睹」，這就是流傳至現代的，好多通俗故事模式的原生情感了。難怪故事大多在夜晚，在人們瞇眼不見，將再次跌入睡眠的恩寵或凌遲前，由另一個守夜人心懷善意與擔憂那樣去說。「冬天最好講悲哀的故事。我有一個關於鬼怪和妖精的。以前有一個人——住在墓園旁邊。——我要悄悄地講，不讓那些蟋蟀聽見。」難怪《冬天的故事》裡，當那睜眼不睡的孩子，開始編講故事給大人聽時，那成了莎士比亞的作品中，一個有名的蕭索與令人深懼的開頭：孩子正負擔著成人的善意與擔憂；而馬克白面臨的最大懲罰，是他被奪去了睡眠，從而不能被敘事人給看顧，不能從這個像是「一個愚人所講的故事，充滿喧譁與騷動，卻找不到一點意義」的人生中，稍微閉眼，得以安眠。

最善心的敘事人，用最殘酷的情節逗小孩笑。讓他們放心，哄他們輕柔入睡，夢見鬼怪，夢見妖精，夢見真實世界裡的殘虐，所凝聚的魔魅典型。讓他們在夢中，以自己的方式更熟悉牠們，然後再次睜眼，面對牠們。

在一千零一個日子裡，莎赫札德藉每天不間斷說故事，來引起舍赫亞爾國王的興趣。這既拖延自己的死期，也確保國境內其他女孩，不會相繼處在和她相同的境地裡。她就這麼，一面奮勇為大家擋住冥界的大門，一面為舍赫亞爾國王，一連生了三個兒子。事實上，最後並不是莎赫札德所說的任何故事，救了自己和女孩們，而是在那些日子過去後，莎赫札德將所生的三位王子召到國王身邊，感動了國王，使國王「看在你給我生的這三個可愛的孩子的情分上」，饒恕了她，也饒恕了所有人。國王並保證，他會使莎赫札德免再受任何苦，這當然，包括了夜夜不懈，去從過往時光中重新羅組先人留下的故事，這般的勞苦。所以，莎赫札德從此，就可以不必再做一位警醒的敘事人了，這是故事最後，這位說故事的人所得到的獎勵之一。

這三位伴隨床邊故事而生的王子，在一千零一個日子飛逝後，「一個已經會跑，一個已經會爬，一個還在吃奶」，像他們的生命，都正在先後加速，向著世界而去；像再過不久，領先的那位，就會回過頭來問「我是從哪裡來的」，這樣的問題。莎赫札德展示給國王看的，就是這個國王似乎全無意識的行列。她在這一長列原先不可能有，如今卻單純鮮活，好像剛從虛空裡碰撞爆裂出來，也就直接獲取延續方向之權的生命面前，向國王行吻地禮，提醒國王：她已經不同了，不再僅是人妻，也已是母親了。她必須護持這長列生命，引領他們繼續，在這會發生的事說到底總不新鮮，但你總難免會困惑，會被重挫的世間前行。這大概，也提醒了國王：他也已經不同，不再適合憎恨了。

整部以夜計程，在天一透光，說故事的人即戛然住口的《一千零一夜》，大致上即是這麼收結的：隨時間過渡，說故事和聽故事的人，這裡那裡，終究都有些不同以往了。然而，結餘出這些不同的，可能真的並非那些彼此重複，相互延異，因而已然過於纏繞，難以一一去分別的故事叢了。結餘出不同的，還是那默默不語地經過的時間本身。就像過了七年，人體內的細胞就全數換過，就生理意義，已經是一個「完全不同」的人了一樣，時間也只是用一種簡潔且不容商量的展示，說明初始的那個你，可能已經沒有意義了。

不容商量的生理時鐘：人類的妊娠期，一般說來是兩百六十六天。所以，連續說了一千零一夜故事的莎赫札德，在這段期間，來得及生出的小孩數量，最多也就是三位；可以說，莎赫札德確實是在拚命了。只要想像一下這畫面，就會知道這位說故事的人，度過了如何的時間：像一個不斷的循環，她的肚子常常持續在變大，一直要去臨盆分娩。然而，在所有這些時間裡，無論她狀況如何，是否剛剛才，或者等一下就要去生小孩了，她所面對的，這位歪頭支頤傾聽，等待她激起他的好奇，懸吊他的期待的國王，始終都不聞不問，視如未見，只想聽她如何把故事接著說下去。可能，在聽故事的同時，國王且也始終未曾放下他的殺機，像就只是在等待著，她的沉默比天亮更早出現的那一刻；等待她露出無法再用話語，掩護時間靜靜通過的那個致命空檔，這樣，他就能殺掉她。這當然，是一位特別橫徵暴斂的聽眾了。

在百分之八十的時間裡，在死亡旁邊說故事的莎赫札德，實是一位孕婦。這意象，也許在現在看來，有其顯著的隱喻意涵，但對當時《一千零一夜》的讀者而言，實在不是一件需要太去在意的事，主要因為莎赫札德和國王，不過是一組虛構人物，就和莎赫札德所講的所有故事，以及故事裡的故事裡的所有人物一樣。這是《一千零一夜》那故事套盒式的結構，所成就的一件特別之事：它將虛構的範圍，明白地擴展到了虛構故事的發動者，國王和莎赫札德身上。

舍赫亞爾國王的弟弟，叫舍赫澤曼國王。弟弟在出發前去拜訪哥哥的途中，「忽然想起有件重要東西留在宮裡」，所以就回去拿；所以就發現自己的王后和黑奴，躺在枕榻裡偷情；所以就砍下這對偷情男女的頭顱，鬱鬱地來到哥哥的宮殿裡。在哥哥宮殿裡，弟弟意外發現，當哥哥外出遊獵時，哥哥的王后其實玩更開：其實，趁著哥哥不在，哥哥的后妃奴僕，就盡情在御花園開起性愛轟趴來了。跟哥哥的遭遇一相比較，弟弟就覺得自己所戴的小小綠帽實在不算什麼了，心中的煩悶頓時也就減輕了不少。弟弟成了第一位，向舍赫亞爾國王敘事的人，他引領哥哥去發現自己所遭受的蒙蔽與磨難，這個發現，使舍赫亞爾國王，立下「每夜娶一處女，天亮即將之處死」的復仇計畫。

莎赫札德的妹妹，叫杜雅札德，她們同為舍赫亞爾國王的宰相之女。宰相為必須搜尋國境之內的處女，供國王虐殺所苦，這才引出了為眾人赴難，義無反顧的莎赫札德。在新婚之夜，國王要求行房之時，莎赫札德請求讓杜雅札德——這極可能會接續姊姊，成為下一夜的殉難者的妹妹——進宮，與她見最後一面，作個告別。妹妹被召進宮，等候國王與姊姊行完房後，就按照姊姊先前吩咐，成為那第一位要求聽故事，並啟動故事機器的人：她要求姊姊講個奇妙故事，讓大家歡度此夜；就這樣，莎赫札德獨力開始一千零一夜的故事接力。

舍赫澤曼國王帶起舍赫亞爾國王，莎赫札德帶起杜雅札德；在《一千零一夜》中，相似處境的角色，聯繫著故事，與故事裡的故事。在長串序列中，相似性的叢集，是將一切虛化的最簡單，卻最徹底的方法之一，因為當經歷與對世界的體驗不為單一角色所獨有，角色也就被從自身經歷，與對世界的體驗中疏離開了。反過來說，這虛化過程，這由相似性所邀集的長串序列，實是故事最多孕的土壤：在《一千零一夜》裡，角色只以相似行為模式，被收羅在以莎赫札德為導覽員，所建立的故事資料庫裡，供人檢索——比方說，這裡有一群不知為何，同樣失去左耳的人；這裡有一群閹人；或者，這裡有一群同樣淪為乞丐的人，他們在一個廣闊的時空畛域裡漫遊，以相似性聚組他們的同伴，對著聽眾一一講述他們各自有別的故事細節。他們所遭受的磨難，使他們與一個更長程的敘事取得聯繫，並且淡化所有這些磨難的個人印記。

莎赫札德的多產——虛構故事，與虛構的生理上的——所確保的，正是這個更長程敘事的順利通過：沒有一種悲傷處境，會被記憶，與歸檔成是特屬於某一角色所有的；所以，也就沒有任何一種悲傷處境，是會無可救藥地壞毀個人的。時間以其不分面目的「正義」，以最當然的方式，奮勇獲取它通過它所調動與徵集的一切敘事之後，仍默默行走的權力；世界沒有因此一大規模的敘事調動與徵集而更好，也沒有更壞。莎赫札德在這樣多孕的土壤上，沒有分娩之痛。

莫里哀親身漫遊過那「靜止的歷史」，學會笑的技藝，成為說故事的人。在成為劇作家和演員之前，他是律師；在成為律師之前，他正在學習如何成為一名裝潢商。「裝潢商」是一個通稱，事實上，自小父親教他的，是一項分工極明確的專業：負責製作地毯、簾幕和座椅，以裝潢室內。父親以此專業，成為法王路易十三的宮廷侍從，也希望他長大以後，能繼承此職。在他滿二十歲，因無意繼承此職，而被父親送去改學法律時，五歲的路易十四繼承了王位。三年後，在身為律師的他，因為劇團破產而負債入獄，又被父親贖出後，為了避免再次辱及父親姓氏，他隨手撿了一個外省小村名，當作自己的名字。他成了「莫里哀」。他帶著劇團離開巴黎，展開歷時十三年的外省巡演。

這是十分魔幻的十三年。首先，他的情人女演員，帶在身邊走的一位五歲小女孩（視心情而定，情人有時說小女孩是她女兒，有時又說是她妹妹），將在日後，成為因不斷外遇，而帶給他無限痛苦的妻子。其次，那另一位五歲孩童，法王路易十四，在莫里哀離開巴黎不久，也被貴族流放了。所以，有一段時間，莫里哀和國王，事實上是在範圍並不明確的法國國土上一同慘澹壯遊，各演各的戲，連溫飽都成問題的。十三年後，已近中年的莫里哀，被終於成年的法王召進宮獻藝，老的演戲逗小的笑了；從此，就被小的給保護與收容了，負責製作喜劇。

倘若不去計較一男一女兩小孩，分別而持續帶給他的心理折磨，莫里哀由此，度過生命中最穩定，也是最後的十多年：從一個他拒絕去繼承的侍從，變成另一個他自願以全副生命，去擔當的侍從。確實，人生實難。在國王撥給他的劇院裡，在那穩定年頭量產的喜劇中，莫里哀的創作，和所有古典戲劇作者一樣，有一種和個人生命史絕對無關的莊重。

在那劇院中，當觀眾由最後一排，望向那鏡框式舞台時，看到的，常常是左右各一間屋子的部分，以及中間夾著的大街或廣場。或者，其實就是一個隨劇情需要變形，公開展示的家屋之部分。那是一個遠比小說敘事，限制更嚴格的視窗：場景只能以其在真實中的透視比例，被必然殘缺地在舞台上重製。莫里哀就在這些殘缺的景片之前，讓一個一個因為動機歪斜，而顯得可笑的主角，一次次受到一個「正常世界」之倫理的懲罰。特定觀眾會被莫里哀喜劇所冒犯，所刺痛，恐怕，並非因為那些總顯得突如其來的，機器神降式的懲罰；而是當那些被設定為是歪斜的人物，在舞台上公然表露自己動機時，整個觀眾席所激起的笑聲。此即古典喜劇倫理學：笑不出來的，即是被嘲笑的，作者本人也是。

笑於是，是一種對倫理的公開教導，與對「正常」的公開再確認，以將個人體驗，在固定故事套式中層疊沿用，且一併虛化的方式。莫里哀劇場最引人悲傷的只是：莫里哀最終，在演出結束後，默默暈倒在這些景片前，隨即病逝。跟莎士比亞的安退人生相比，他還是入戲太深了。

敘事成為一種針對個人體驗的病例報告，現代小說的生產之痛：現代小說拒絕敘事中，以相似性叢集所構成的長串序列，即拒絕多孕的故事土壤；因為不能複製，獨一無二的體驗，正是角色會被特別記憶、理解，甚或是悲憫的基本前提。於是，在左拉的小說中，那每一次附著於角色，由角色去體驗的場景，它的細節捕捉與織成方式的選擇，同時也就是拒絕複製的開始。這其實是自然主義，最「不自然」的地方之一。

構圖問題。舉例來說，畫家庫爾貝的名畫〈畫室〉的構圖，除了可明確以一條中軸線，切割成左右兩個對照的世界——觀者視域左，低頭望著自己眼前方寸之地的尋常人等；觀者視域右，貴族、作家、評論家等藝術理解與支持者——外，它的確可能，正如庫爾貝本人所言，「寓言」式地凝縮了一種藝術機制的不對等關係。簡單說來，這表達了寫實主義（及其極致化的所謂「自然主義」）的觀看方法：他們在描摹一個他們並不真正能置身於其中，每天那樣去生活的現實世界，從而對這個充滿尋常人等的，苦難無盡的現實世界，表達他們的義憤，或者憐憫。更簡單，而顯然更通俗的說法是：他們都是解剖病理的外科醫師，而成為一個具人道精神的好醫師，先決條件是，你必須健康且冷靜；對於你執刀切入的病灶，你，至少寫作中的你，是自體免疫的。如此，你的義憤或悲憫有了盤基；如此，現實中的杜斯妥也夫斯基，和寫作時的杜氏，基於這個機制所預設的倫理學，必須分裂成兩個截然不同的人——後者解剖前者所置身的維度，惟其並不同情那個在不寫作時，那樣渾沌試誤，苦難無盡地活著的真實自己。你必須親自切開他，像你切開手術檯上的每一個人一樣。在十九世紀，這是小說寫作者的基本倫理。

悖論：如何藉由虛構人物的行動，將一個可能只有自己能理解的現實世界，表述成一個具有普遍性的寓言世界。如何成就影之分身術，如庫爾貝執筆靜坐於一中介位置，對他身後的那群，總帶點距離的理解與支持者，層層言說眼前那群已擠迫到他畫布前的低吟人影。如何冷然在自身的往日中潛行，以境外嚮導，而非苦痛本尊。如何日復一日相信，只是單純地相信，所有這些將苦難細節，匯組以驗證自我心中之寓言結構（那所謂作者的「世界觀」；有時也被武斷地稱作「現實觀」）的寫作工程，有其當然意義。或者，更簡單的問法是：如何以寫作「提高」真實，同時在一個每下愈況的真實中活下去。

庫爾貝將悖論中介者的夢遊實況，表達在〈畫室〉構圖的正中央了：一個心中的外景，美麗世界，夢之格窗（卡夫卡，《審判》），烏托邦。庫爾貝似乎是在說：最忠貞不懈的現實主義者，理論上，同時也就該是最熱切深眠的夢遊者，他看那群低頭的人，像坐看球體碰撞，寸量星辰出亡；像天文學家的殘虐即寬容，那所有一切被侮辱與被損害，包含自己承受過的傷亡，都將在夜空裡明滅得自然且安靜。像「自然」的風景：這不能不說是時光對後來者的相對寬容，那樣的敘事人，大概是想像著自己，預先趕到敘事的後面，站在岸上，或一個相對遠距的位置，觀看一個激盪內爆的作品畛域，因此得以全觀命名它。這同時，也是左拉——那其實極不「自然」，多有預設與邊牆之「自然主義」——的基本寫作方法：《酒店》裡的雪維絲，和《娜娜》裡的娜娜是出亡的星光，因其必然而預設的敗毀而得以被觀測與書寫。星光的內在是無法被探究的，惟其拖曳的動線與墜毀的去向是實。

此即左拉以小說虛構體裁，所嘗試捕捉的全副場景調動：雪維絲和娜娜所置身的場景，永遠顯得多麼像是她們的心之外殼，一磚一瓦，充滿了情緒，低伏著隱喻。其實，左拉小說中的任何人都是。如打金鍊的洛里羅斯夫婦，就完全太適合住在一間像給鰻魚住的長型屋裡了。他們就是他們的居所，而居所為他們說明了更多。現代小說視窗處理的，往往是空間利用問題：角色在與生活相撲的過程中，終身習穿的空間意識，對某些作者而言，往往就是這角色，惟一可以被準確觀測與描述的內在之殼。在此系譜中，自然主義小說，誠然是西方小說史上，靜物和家具最喋喋喧囂的一種小說。

《酒店》故事是這樣的。奮鬥的洗衣工雪維絲，終於租下一處店面，自己開了家洗衣店，這是她的生活中，對將來最敢於抬頭觀望的一段時日。後來，當然，後來她就漸漸被生活給推出土俵了。整部小說所展示的，原則上，是雪維絲以一貫空間意識，在臨時居所與臨時居所間，被驅趕與遷居的總體過程；最後，在一處鋪著茅草的樓梯間，人們「在小洞中發現她的屍體，膚色已經轉青了」。小說由一個一個內景串連起，簡直可以說，被放在砧板上切剖的雪維絲，具體說來，就是一間不斷變形與萎縮的窄仄居所。這就是她的全部存有，她沒有餘裕，將自己與居所割離，她死在樓梯間，也就是：她最後變形成為樓梯間。這說來有點像冷笑話，不過，這確實可能是左拉想到的，最「自然」的明喻了。

在這無望生活裡，雪維絲這裡那裡挪調她的居所，同時也就是挪調她自身。在那最敢於抬頭觀望將來的時日裡，雪維絲撤開洗衣店工作檯，在那裡，召開一場慶祝自己聖徒紀念日的飲宴。這場從談論菜色開始，歷時三星期的盛宴，最後讓整個街區都醉倒了，讓賓客狂舞，暴走，在雪維絲嚴肅奮鬥的地盤上嘔吐。很明白可以察知，在怎樣的層面上，左拉的寫作，對後來的拉美魔幻造成影響。不過，亦很明白可以察知，左拉以如何莊重的心情，細細想像這場魔幻盛宴：在很久以前，幾乎是小說一開始，左拉就沉不住氣了，對雪維絲在洗衣店那些髒汙衣物間的一個調笑舉動，他標示：「這可以說是他們慢慢走向下流的第一步。」

這確實堪稱是作者的嚴厲了。不過，在小說畛域裡，這標示亦預告了，無論雪維絲如何挪調居所即自身，「走向下流」是無法被阻止的，而這正是小說的命題。退一步想，對他而言，這似乎亦暗示了：靜默而專誠地奮鬥，是一個人在臨時居所裡，惟一能做的不下流之事：在洗衣店裡，最好還是乖乖洗髒衣服比較好。這是生活自身的嚴厲：它暗示著每個勞苦的人，都該成為靜默的聖徒，這是他們惟一的自我清整，與脫貧之道。

這是左拉小說最貧乏之處：無關書寫或修辭能力，而是作者心中的寓言結構。雪維絲之女，娜娜：一隻「金蠅」，是四五代的酒鬼祖先，「乞丐和流浪者們的最後的產物」，「到了上層，腐爛了貴族」。整部《娜娜》，以不容複製的嚴選描述，織成了這個不容商量的敗倒過程。雪維絲：從邦克爾旅店，那有著三張藤椅的小房間，到金點街洗衣店與出租大樓，到失去洗衣店後的B棟七樓，到一個堆著草垛的樓梯間的夢遊與變形之旅。她注定是要被一個她無法全身穿透的活人生活給生吃的，雖然，確實，在她生命中最得志，最敢於去想望未來的那段時日裡，她走到對面的鐘錶店，「窺視壁櫥般的小店面，看那些小自鳴鐘的鐘擺高高興興走著，都在報時，卻都不準」時，「她笑得好開心」。在她最敢於去想望未來的那段時日裡，那個各行其是的人間世界，只是令她微微暈眩，帶給她喜感，尚不及挫傷她，將她報廢到全然無望的地步。

如今看來，現實與「自然」寫作之路所探測的，隱喻化之，可能即是櫥窗裡，那每個人都像是一個失準的小自鳴鐘的，那樣一個必須由作者全景觀看，或格窗限定的世界。當然，你每一兩兩相較，你就更確定這必然是兩兩失準的；你也將會確定，在一個多義的增熵密室般的世界裡，大多數小自鳴鐘都是自以為準確的，在一個你不可能永遠正確活著的世界裡。所以大概真是這樣，只有最熱切深眠的夢遊者，才會對日常細節與零餘情境，有一種結構性的警覺；才會以專斷的話語，要人一同「回歸現實」。所以這樣，庫爾貝將一片無關的外景，留置在〈畫室〉中央，暗示我們：烏托邦無法抵達。

他回到社區三角公園，回想個人所見，在那變形家屋裡，和小學兄弟一同爬出來的男人。男人伸手，從老闆娘的餐檯取錢，留下老闆娘的視線，和準備吃早餐的兄弟，頭也不回，撒腿往屋外走去了。沒有明確理由，大概只是空氣裡的什麼，使他覺得這男人，好像剛從老闆娘內心走出來似的。他完全相信，可能，在城市另一角，另一窄仄店面裡，男人還有另一個變形家庭，或甚至更多。捷運通車，有悠遊卡後，會讓這位有家的流浪漢便利些。在嚴厲的生活中，似乎，一切情感模式皆是可能的，其實，在非常多年後，當事人可能也已搞不清楚，生活與情感，是哪個寬容了，或殺傷了哪個。然而，這麼當面看一個人，從另一個人內心走出，背後牽牽連連了視線，以及更多的什麼，自已總是尷尬的。

所以後來，他就不敢再去那家早餐店了。

偏遠的應答

我發現，我總是同時留意，以及總是同時思考兩樣事物。我猜大家都有點兒像這樣……就我而言，引起我注意的兩種現實都是同等地生動的。正是這，構成了我的原創性。也許也正是這，構成我的悲劇，以及使悲劇變成喜劇。

——佩索亞（Fernando Pessoa），《惶然錄》

我試圖把你們造就成優秀的讀者……我試圖教給你們為了作品的形式、視角和藝術去讀書。我試圖教給你們去感受藝術滿足的顫慄，去分享那份作者的情感，而非是作品中人物的情感，那種創造的喜悅與艱難。我們沒有圍繞著書去談論關於書的事，我們直接走到一部部名著的中心，走到活生生的心臟當中。

——納博科夫，《文學講稿·跋》

也許真的，真正的閱讀是重讀；也許亦是真的，如許多人所言，一個人們對文學要求最低的時代，對文學而言，事實上是一個相對自由，因而可能最好的時代：因為一切皆有可能，而一切都在重新整理。當我們關注作者立場，或如納博科夫所言，關注「作者的情感」時，在理解上，我們確實可以將任何時代的小說作者，同等復原成比較素樸的面貌：小說作者，在他的時代中尋找的，或理應去尋找的，也許不外是一個全新的觀察位置。由此，用他的表達，努力抵禦順時而下的時代；努力地，想要在他的表達中，重新抓住某一些宿命的主題。重新去省察對我而言，在我所置身的時代裡，那些古典的命題——例如，「命運」是什麼；例如，什麼樣的「悲憫」，才是一個合於當代正義的悲憫；例如我們該重新如何定義所謂的「人性」是什麼，種種如此的問題。文學作為，也許，矛盾地建立於對人類一切作為均將徒勞的知悉與預感，然後起而逆抗這樣的知悉與預感，無論是否徒勞。

於是，如昆德拉所言，整個西方現代小說的崛起，到一個美學形構可以被辨識的程度，很重要的關鍵，正在於一種作者認識論的重新確立。一個全新的，世故的觀察位置：因為小說作者已經配備了關於小說的話語和知識，所以每個場景，都讓他有似曾相識的感覺；他每看見一件事情，都像在「重看」一件事情。所以，當他想要對人描述，自己究竟看見了什麼的時候，他其實在開始想要真誠描述的時候，情感就已疏離了。對昆德拉而言，這是西方現代小說在文藝復興時代中重新建立的，並且在之後四百年不斷去發展的一個新的觀察位置。簡單說，就是「重看」，或者，所謂「複眼」的生成：現代小說美學，肇啟於對已存虛構話語的後設性理解與運用。

如拉伯雷《巨人傳》，對希臘羅馬時代的論文，與辯證修辭的刻意諧擬。拉伯雷甚至刻意仿擬《奧德賽》的史詩漫遊結構：幾個喜劇人物在海上，一座島接一座島漫遊；每一座島，都自有一個獨立的時間象限。然而，這不再是一種單純的歷險，因為這世界已存在過太多關於歷險的描述，而作為小說作者，拉伯雷已都讀過了，所以書寫單純的歷險已不再可能。這只能是一種後設歷險：是一種將作者過往所有已經重看過的歷險套式，在一個島接一個島的象限中，重新分類與組裝，並且重新咀嚼「歷險」自身之意涵的一種新型歷險。於是，在小說世界中，一種年輕時的昆德拉無比珍視的新型修辭，或話語的語相就產生了：嘲諷。簡單說：書寫之時，作者正在嘲笑自己能夠使用的諸般話語。他諧擬自己能夠讀到的所有話語，特別是這個時代已經產出的，並且已經在文學作品中重複確立的話語。於是，他在自己的虛構小說當中，去仿擬它，以便重新辨識它，以便重看它，在一種現代的嘲笑精神中。

當然，塞凡提斯的《唐吉訶德》：一個精準的，關於在一個已經蒼老的世界中，單純歷險之不可能的後設描述。鄉村仕紳吉訶德，宅男一名，讀了過多騎士小說，因此而癡愚。他出發，像一名騎士一樣想去為家鄉服務，同時想去尋找一位他可以為之獻上性命的愛人，因為一名騎士若無愛人，「就好比一棵樹沒有綠葉」。依當代閱讀策略，我們知道，在閱讀《唐吉訶德》時，我們必須要跟小說作者，至少具備同等的理性分析能力。作為讀者，理想的多重視角是：我們知道，我們正在讀一部騎士小說；同時我們知道，我們正在讀一部深知騎士小說的作者，所寫的騎士小說；同時我們知道，我們正在讀一個批判當代的證言，一個實錄；同時我們也知道，在上述這樣迷霧重重的情況下，這個作者建立了一個含有古典品德的瘋子。後者意味：在小說中，最深知古典英雄將要經歷什麼的吉訶德，因此而奇妙地成為被取笑，與被蒙蔽的對象，然而，也因此，在悖反的語境中，他變成他的世界裡，惟一具有古典格調的，那樣一個真正跟「命定性」對抗的悲劇英雄。這是因為在他的世界裡，只有他孤身一人，如此認真地相信逝去時代的價值觀：他癡愚而執著地相信，一個逝去的世界，依然可以在一次簡單的出門漫遊中，由他孤身一人尋回。

「時間之所以存在，是為了使一切不至於同時發生……空間之所以存在，是為了使一切不至於都發生在你身上。」這是桑塔格不無戲謔，而富恩特斯十分鍾愛，引入小說《鷹的王座》裡的名言；桑塔格以此，說明現代小說體裁，如何「就是空間和時間的一個理想載體」。相對於此，現代小說要求它的讀者的，卻是在辨識與指認如上述般層層交疊，無盡的「同時」：所有這些並不相悖，如平行宇宙般同時奔馳的時空場域。更重要的也許是，相似於佩索亞對「原創性」與悲喜翻轉的思索，上述層層交疊的時空場域辨識，體現了極靈活的表述語意：原本莊嚴的，可能被諧擬成可笑的了；然而，已被諧擬成可笑的，又可能被總體翻轉出莊嚴一面。

現代小說要求讀者及身跟上，如納博科夫所言，去多重知悉，或其實是模擬作者「創造的喜悅與艱難」；如納博科夫嘗試藉由細密解讀文本，去成就「對神祕的文學結構的一種偵察」，去相信沒有一句話語是必然簡單的，是如表面那樣單純的：所有話語在時間之中，都有自己的指涉，跟自己已經成就的，類似像系譜學一樣的總體組成與使用方式。如此，在納博科夫的想像中，或自我期許中，現代小說作者是在無比艱難的情況下，動用這些話語，並對他的讀者而言，相對要求一種認識論上的高度。讀者，優秀的讀者，在重讀之時，必須能夠直接回望作者的眼神。

於是，一如昆德拉反覆強調的，當我們在四百年後，重新去看西方現代小說話語的發明時，我們可以明白他對小說創作，所賦與的一個基本倫理道德：西方小說進入現代之後，和基本上，為了要記錄事情的古典敘述話語，已完全隔離開來了

——小說變成一種重新認識世界的方法。將昆德拉的理論申引到極端，則小說對於它的讀者，也對於書寫它的人而言，惟一的道德，與惟一的立場，是在這樣的體裁，可以在被書寫或被閱讀之時，同樣對讀和寫的人，產生一種盤整的效果：帶他重新去看，帶他去「回應」現實賦與他的種種命題。

也於是，每部現代小說，都應該要為它的讀者以及作者自己，介紹出一個全新的世界，這是小說的惟一基本道德。所以小說可以極度敗德，極度淫亂，極度世故，極度尖刻，極度嘲諷且輕蔑，所有這些皆是小說的可能性。對昆德拉而言，惟有一種小說是不道德的，即那種源源本本去複製之前已經存在的文本，去附和已經建立了之價值立場的小說。昆德拉認為，就是在這樣的認知下，歐洲現代小說大概在十六世紀之時，展開了它全新的旅程。以小說史作為界定，這個所謂「現代」的觀念，其實是一種重新地「在場」：它一方面跟自己所描述的事件疏離，同時將這個作者對於現在的意願，以及對未來想表述的，繁複地織進了他對於正在寫的場景的描述之中。現代小說，如此「自然」配備了多重時空場域。

也許，此即對昆德拉而言，現代小說作者最簡明的聲明。昆德拉乃以這樣的簡明聲明，反向推論，且並行不悖地要求小說文本與自身美學的複雜性，要求現代小說作者思索小說已成的範式，和可能性漸小的單向演化，去重拾西方現代小說在肇啟時期，因體裁範式尚未確立，所展示的種種生猛可能性。在肇啟時代，所有哲學的剩餘都是小說，它沒有一個固定的體裁，沒有固定的樣式，沒有固定的美學，也沒有固定要完成的目標。基本上，它就是一個在無邊際的話語漫遊中，重新辨識世界的過程：你儘可以將所有你想得到的聰明話語，理性話語，辯證話語，抒情話語，全部抓入小說的體裁當中，像繁星，撞擊與開發了無數的可能性。所有這些可能性，在小說自身歷史的演化當中，像所有一切文學體裁的演化一樣，因為漸漸不被重視，或者是不被需要，所以就被淘汰掉，而這正是昆德拉想去重看的。

重新去看西方現代小說在肇啟時代，曾存在過什麼樣態的作品；有什麼樣的可能性，在它自身歷史的演化當中，像不需要存在的四肢一樣，被刪除掉了，被移除掉了，被掩蓋掉了。昆德拉認為，這事實上是任何一個當代的小說作者，都應該要做的一種考古工程：在他所從事的文學體裁中，去辨識這個文學體裁自身的歷史。關於類此的考古工程，也關於「培養作家品德的祕訣」，桑塔格則不無神祕地說：「生在一個你肯定很有可能會被杜斯妥也夫斯基、托爾斯泰、屠格涅夫和契訶夫振奮和影響的時代，要多加小心。」這說的是過往文學成就，對一位文學實踐者，所形成的壓力。這總使他，再次思索起名單之末的契訶夫。如他已知，契訶夫當然對過去六十年來，俄國長篇世代的作品深有涉獵；甚至，在他將要辭世的一九〇四年，整個長篇世代中最年輕的托爾斯泰仍然健在。他時常猜想，契訶夫會不會有著這樣的傷逝：所有一切情感，都已經被濃烈地訴說過，結界過，甚至如杜斯妥也夫斯基的作品對作者本人那樣，深刻地影響過真實人生了，於是，契訶夫會不會曾經覺得，自己看到的，是一個豐富的長篇世代的自我解離；而已經沒有什麼，是再值得書寫的了。

也許，關於自己的文學實踐，契訶夫終生無意解釋清楚的，或根本無法自我定義清楚的，正是他在複寫的，那個已然停擺的世界。這事實上，正是他的作品，最世故與最優美之所在。那根本上，正是一個後設的世界：一個被戲劇性的渣滓所填滿的世界；在那個世界裡的人物，全都異常認真地執著於自己的哀傷當中，而矛盾地，這正是喜感的來源。而更矛盾的是，這種喜感將再次被總體翻轉成哀傷。因為，在那樣的世界裡，不是他們心裡想的什麼令人哀傷，而是不管他們怎麼做，在這個地方，在他們介入這個世界之前，世界基本上好像真的已經細緻到只剩虛空的徒勞了。

然而，也許，在契訶夫的想像中，這卻正是讀者該發出笑聲的時候。在世界的荒原中，當徒勞的舉動仍在發生，所有一切，無不給人以巨大享樂，因為，那總像看見時間的漫步；總像看見已經終結的世界，突然之間，格外鮮活地在他眼前浮現。他總是這樣看待著它，帶著笑意，帶著溫柔的理解，這也許，是人間最為終極，也最為深刻的一種喜劇形式：對著過往世界微笑。對他而言，這是契訶夫最奇妙的地方了。對他而言，關於寫作，最神祕的總是一位作者，如何在熟知所有過往時間的情況下，重新對於眼前這個世界產生出觀望的勇氣，以及訴說的動力，不管以什麼樣的方式。於是，倘若真正的閱讀，果真是由重讀開始，那麼真正的寫作，亦理應是由重寫開始。

個人戲劇的荒謬感：如摩爾那般，以作者的身分在生活，並在生活中，旁觀與評述自己正在這麼地生活，並企圖影響他人。契訶夫的戲劇世界，彷彿正是在一次又一次，復刻著這樣的荒謬感。多年後想來，他發現，這個戲劇世界，呈現了和他所認知的真實世界完全倒反的景觀：在契訶夫的戲劇世界裡，通常總是父母一輩的人離鄉去大城市，只在假日時才像陌生人那樣返家作客，而留在家鄉勉力生活的，是子女一代的人。大致上，契訶夫是以自己寫作小說的觀察法和描繪修辭，來寫作劇本的：簡明的，具體的敘述；更重要的是，將複雜的內在，黏著在一個確切的動作上，寫出後者，而以留白來包容前者可能的曖昧與多義。從這個追求簡明卻多義的視窗觀望出去，執著於處理現場性的寫實主義表演方法也許歡迎確切的動作，卻不必然會容許多義的留白了。

晚近研究指出，與其說是借鏡真實人生的嚴肅性，不如說契訶夫是從通俗喜劇的套式，找到他基本的角色對話樣態。契訶夫呈現的，是一個已被戲劇文本塞滿、僭越了的戲劇世界。在裡面，角色用從戲劇文本學來的陳言套語抒情，因而即便情感可能是真摯的，說出來的話語，還是具備了某種諧擬的喜感。晚近的研究也指出，契訶夫的戲劇世界是由這樣的一群自溺於抒情狀態的角色所組成的，這裡面體現了某種殘酷的底蘊，因為本質上，角色和角色並不真的彼此關愛。

所有這些分析，都可視為邁向語境之多義性的努力，大致上，契訶夫詮釋乃是在這樣的情況下，得到當代研究的更新。如《凡尼亞舅舅》裡的蘇妮亞，活在求愛通俗劇格局裡的蘇妮亞，愛戀亞斯特羅夫醫生多年，接受繼母海倫娜代為試探的建議，後來，當然結果並不順利。奇妙的是，蘇妮亞完全知道求愛成功的機率等於零，也完全知道亞斯特羅夫醫生彼時戀慕的對象，正是海倫娜；然而，蘇妮亞仍然接受試探的安排，想像自己猶有一絲希望。

這一切的悲劇性恐怕在於，蘇妮亞是在預知結局「必須如此」的情況下，冒險一試，迎向這個結局的。內心裡，這個角色自覺地拖曳起她陷入的通俗劇的套式，撞向通俗劇的結局，藉自毀以加速，以催促情感必然的終結，讓生活卸下這一切，早日去向一種無悲無喜的狀態。這是一種後設人生：因為知道終究「必須如此」，所以現在才如此行動。這個戲劇角色，彷彿有意識地像個戲劇角色那樣去生活，因而在戲劇中，格外引人沉思了。這一切最深刻的地方恐怕在於，契訶夫知道這樣的後設，並不真正能再令人多發現什麼了：那年老一代，過往時間，一次次返還的探視與擾動，也只是促成了一個終於無望，只好寬諒並彼此敬遠，最後再次分離的世界。

這是對西方現代戲劇，以認知「我是誰」所驅動的發現之旅的直接拒絕了。除了這項無言的深刻外，契訶夫大抵一併拒絕用作者的身分，過於複雜地解釋自己的寫作。如史坦尼史拉夫斯基察覺到的，他發現契訶夫「對自己的戲確實講不出什麼來」。面對提問，契訶夫顯得困窘，如臨審判，而他慣用的逃脫術，是指出他已寫在劇本裡的具體細節，強調這些細節已代他說明了一切。契訶夫可能會強調：「凡尼亞舅舅有一條極好的領帶。」或者：「亞斯特羅夫醫生是吹口哨的。」完畢。面對這樣的說明，演員們的焦慮，其實不難想像。演員總想要劇作家盡可能說明，角色為什麼說這句話，做這件事？總而言之：內在動機是什麼？畢竟，演員是「必須」在戲劇現場面對觀眾的人，他們很難接受一個和真實世界同樣無序、無定理的戲劇世界，因為比起真實世界，無序的戲劇世界才真正會讓他們在舞台上恐懼到手足無措。契訶夫不願說明，演員就用自己的方法求全。對他們而言，為什麼亞斯特羅夫醫生「必須」在戲劇現場吹口哨呢？因為：「他對人、對生活失去信心已經達到這樣的程度，他對生活喪失了信心，變成一個玩世不恭的人。在任何情形下人們都不能傷害他或侮辱他了。」

以上是史坦尼史拉夫斯基的角色詮釋，這比契訶夫的話複雜很多，但演員卻比較懂了，比較安心了，這非常奇妙，證明一項人際溝通的悖論：有時候，把事情說難一些，是為了讓人容易明白與接受。契訶夫的簡潔表達，一再在演員的角色分析工作中，以特定方式發展成玄奧的單一定理，契訶夫因此，在戲劇現場終生感到的挫折感，其實也不難想像：這是一種對反於他所創造之戲劇人物的荒謬處境，在現實世界裡，契訶夫拒絕認領「作者」這一角色；拒絕告訴眾人，關於「他們是誰」，他確信不移地預先得知，或可能終於發現了的什麼。

因為逝者如斯，契訶夫總令他想起棒球。他記得那時，雨港的公車站邊，還有幾家書店。放學後，如果能很快脫離半山腰的國中，穿出山下街區——補習街；發電機噗噗作響，燈火初上的夜市街；有真人埋伏勒索的電玩街——那麼，在等定班公車回家時，他就會有更多些時間，可在書店看白書。掙時間並不總是容易的事，因為排路隊，因為值日生勞務，因為同學想有人陪伴。當然，最因為雨讓道路恆常溼滑，總像剛宰完魚，剛刷洗過一般難行。他記得臨海的街，挨擠一式狹窄的店面，但都內進極深。那些書店大致就以兩面書牆，夾伴一條漫不見天的甬道，像門外市街的延伸，連氣味都雷同。外面真下大雨時，甬道上就滴滴漏漏下小雨，坑坑窪窪到處擺水桶，但人們還照樣尋書翻書；彷彿冷雨下久了，也能冷得挺文明。

那家最喜歡的家常書店，後來就不敢再去了，因隔著櫃台偶爾遇上的，老闆的視線與微笑，對他都過於暖和。最終，他還是習慣去一家店員最怕人問起書在哪，也已下定決心除結帳外，與人老死不相往來的連鎖書店。就在那裡，他站著白讀了多一點的契訶夫、杜斯妥也夫斯基、托爾斯泰及其他，因為甬道上，通常那區較空曠。若存夠錢，他就買下書再慢慢讀過。每天，每個上學日，在書包裡，在課本、便當和摺疊傘旁，放一本這樣不趕時間的書帶著走著——真的無法趕上時間，因無論讀幾遍，他對那些書還是一樣懵懂，只是，當書頁間熟悉的雨味被他翻過，淡去，那些陌生的遠方彷彿就現蹤，比較具體了；那些故事裡容或有的教誨，也因那世界是如此自足，連獨自讀著的他也僭越不了，因此顯得比現實溫厚了。

那時慷慨待他的還有棒球。是啊，一九九〇中華職棒元年，一切就他所知，嶄新而純粹。那時他最期待跟讀，想起那種油墨味道心會跳一下的，還是《職業棒球》月刊。在書店買到當月雜誌，他立刻跑上天橋，就較亮的燈光翻看。擠進公車，隨吊環搖擺時，忍不住再三取出雜誌，貼著鼻頭仔細研究投手投球動作分解照，將畫面刻印在腦中；並在放假時戴起手套，在空地上獨自一遍遍模擬，聯繫那些畫面。專注擲出一顆假想的快速球時，世界很奇特，會在眼前變得很靜很慢。

元年結束，棒球卡發行，兩包口香糖內附一張。他為此廢書不買，「因為人生中有更重要的事」。接下來那一整年——契訶夫大概要笑了——他整個人聞起來就像一株薄荷，彷彿身處在比俄國還冷的地方，頻繁流鼻涕。然而，卻正是因為整天這樣嚼嚼嚼，嚼嚼嚼，所以很容易辨識出同伴，真的多了好些朋友。最記得的是那次，他和朋友們真的去到球場，看一場職棒比賽。其實，在與他們一同置身現場之後，或者，在更多年以後的現在想起來，他都仍納悶著，何以在那之前的自己，心中從未有過這樣的想法：「真的」去親近，倘若如此喜歡；而不是透過文字，圖像，他人的轉述，或者某些更具時差的方式。這必定是因為自己個性中的某種缺陷。

記得週末上午，一起搭火車，轉公車到台北球場，排長隊領外野免費學生券；記得一位數學超優的朋友一路上不斷創作黃色笑話逗大家笑（他再沒遇過同時具備這兩種天才的人了）。記得陽光底，烤香腸的香味。免費票在他們前面一點的地方發放完了，他們不甘心，繞著牆走；聽見歡呼聲，裡面比賽好像開始了。突然——真的像神恩，一道柵欄被已入場的人頂開一條縫，他們隨人群全擠了進去。登上台階，站在左外野席望去，原來這就是棒球場啊，這樣的距離實感，這樣視角裡的模樣，他幾乎是屏息地這麼想。「我們散開坐吧。」朋友看看人潮說。好，我們就此疏散，在看台各自找可坐的地方。他在全壘打標竿附近坐下，轉頭看看朋友是否都安置妥當，招手示意，瞥見較遠處一位朋友，從背包拿出手套戴上，如此愉悅，滿心期待也許能接到一顆全壘打球。他再轉頭，看看更遠的本壘方向，一切就都開闊，朦朧而安妥了。

只是，這真是十分蹩腳的描述。多年以後這一切對他而言如此難以書寫，不是因為台北球場拆了，彼時的兩支球隊都解散了，而棒球在他的島上變得如此令人悲傷、如此需要強烈呼求原諒；這一切對如今的他困難，其實是因為當他離開雨港後，某個冬天，他偶然在報上，讀到一篇關於雨港的小說。那也許是另一種形式的恩寵吧，如果可以僭越地這麼說：那個港口，臨海街區，公車總站，天橋，火車車廂，棒球手套；當然，那種等待與凝止，那種——但這麼說真的太超過了——冷距的陪伴感，對他而言。對他而言，那篇小說毫無困難的地方，他以為自己第一遍就讀懂了。但他還是將小說剪了下來，為此，找來一本剪貼簿。後來。後來當那年年底，他接近小說家去過的偏遠島上，當他飄飄緩緩，由小說家寫過的港到另一個港，不，其實他只能清楚想著，終究還是不夠接近，因為還不夠冷。

因此寫作困難了，對他而言。為此，多年以後他帶著微笑，反覆讀著湯瑪斯．曼對契訶夫的著名考語。湯瑪斯．曼大致是這麼說的：

> 在我眼中，契訶夫在歐洲，甚至在俄國都被輕忽的原因，是因為他對自己太冷靜、太批判、太懷疑，並對自己的成就太不滿意了；總而言之，是他的謙遜。這謙遜有種動人的特質，但卻無法以此獲得全世界的尊敬，甚至可說是給世界立下一個壞例子。我們對自己的觀點，並非不會影響我們在別人眼中的形象，而且那觀點可能會汙染、參雜在形象中。契訶夫那「短篇小說家」的形象，長期以來被認為是藝術價值不多，其能力亦無足輕重。他自己緩慢且艱難地得到對自己的一點點信任——若要別人信任自己，這種自信是不可缺少的——然而，直到他生命終了時，他都不像是位文學大家，遑論是聖人或先知了。

笑讀這些，是因為關於「謙遜」的性格分析，自然使他想起一則心理學概論：「覺得自己沒有價值」這件事，對個人而言，可能是種防衛性的自我補償，他在對抗自己，言行投射出內心底那個監視著自己的，嚴苛的超我；所以過度的謙遜，往往即過度的自傲——他竟認為自己可以如此非人地鞭策著自己。上述概論顯示：攻擊即防衛。心理學慣用語意悖反的語言結構，形成平面的斷定，一種關於病徵的詮解。所以每種人為的情感，在詮解中因此疑似都複雜得很簡單，對他而言，這本身就是件滿幽默的事。

當然可以依此論斷：契訶夫同時也是位相當自傲的人；但這對理解契訶夫的寫作，其實意義不大。其實他以為，一個人怎麼看待自己這件事，誠然是、且最好永遠就是件自由的私事，不必要因為他是寫作者，就得如湯瑪斯・曼所言，對世界產生了某種義務與責任，必要對人交代，因這太不衛生了。他猜想，寫作者和所有人一樣，對世界倘有義務或責任，那也應該是他得以自己的生命，從小到大學習著「如何善待他者」；而這件事確實困難，一個人可能花了一輩子試誤，才突然明白：人實在沒什麼立場驕傲。

對他而言，契訶夫的寫作一直照見這個。也許，是在這種情況下，寫作者同時對抗著兩種破壞寫作的輕省，如彼得・漢德克所言：「一則是純粹的複述，再則是人物毫無痛苦地消失在富有詩意的句子中，因為我怕自己會隨著寫下每個句子的同時失去了內心的平靜。」「我怕」：我害怕過於優美、無感地剝噬他者的現實人生，從而令自己不安。然而，矛盾在於任何寫作，恐怕都得立基於某種現實基礎，而終究，對某些寫作者而言，不太容易讓人明白的是：關乎寫作的必要現實基礎，奇異地，構成寫作行進的最大路障。事實上，無關謙遜或驕傲，對這類寫作者而言，也許該說是「不得不然」：他的原創性、視野、想像力，所有定義寫作質素的能力，過度節制地導向一種固定的尋索：如何可能立體地撐開平面的語言結構，對抗人們的成見，與現實基礎的快速疊合。

現實基礎永遠是頑強的，因為它輕省，迫人臣服。所謂「輕省」：在《百年孤寂》裡，晚年的阿瑪蘭妲為她深恨的麗貝卡修整屍體，她要她美麗，「要以壯觀的喪禮送對方去給蛆蟲處理」；突然，某種比仇恨更有力量的思緒令她戰慄了，因為她察覺，「若是出於愛心，她也會一模一樣搞法」。在此，在死者的將來與活人的過往中，強烈的恨和強烈的愛，在現實基礎上，在同一人的作為中被快速疊合了——愛與恨有差別嗎？倘若沒有，「人的作為」是什麼？彷彿世上任兩位「他者」過往的人生總和是沒有差別的，因此也就不真正具有各自而實然的意義。世界想以這樣難以撼動，冰冷的現實基礎向他們說明什麼？他認為，某些寫作者，如契訶夫的探索，從這個問句開始。

如今他明白：這個問句可能令寫作者無言，令他們行步艱難，應答零散。因為也許，確實如《愛因斯坦的夢》裡的謎語一般：「如果時間與事件不是一回事，那麼，是人幾乎沒有變動。如果一個人在此世界裡並無雄心，他是不知不覺地在受苦；如果一個人很有雄心，他是有知有覺地在受苦，只是很慢很慢。」他們都在受苦。所以不能再靠近了，不再敢妄求同伴。當我們就此疏散，他想對記憶中，那些慷慨如斯的朋友們說：那是真的，真的會變得很慢很慢，當想要將一顆快速球，奮力擲向遠方之時。

那就像是：當你將球擲出之時，你同時也已在一個十分偏遠的地方，預見球的歸返。

話語的歸返

使他驚異的是，一動不動待了這麼久居然不感到疲倦，不感到眩暈。不知過了多久，他睡著了。醒來時，世界仍舊沒有動靜，沒有聲息。他臉上仍留有那滴雨水；地磚上仍有蜜蜂的影子；他噴出的煙仍浮在空中，永遠不會飄散。等到赫拉迪克明白時，已經過了「一天」。

為了完成手頭的工作，他請求上帝賜給他整整一年的時間，無所不能的上帝恩准了一年。上帝為他施展了一個神祕的奇蹟：德國的槍彈本應在確定的時刻結束他的生命，但在他的思想裡，發布命令和執行命令的間隔持續了整整一年。他先是困惑和驚愕，然後是忍受，最終是突然的感激。

——波赫士（Jorge Luis Borges），〈祕密的奇蹟〉

對生活的純粹激情面對的正是完完全全的死亡，他感到生命、青春、生物都離他而去，卻無能為力，只是被拋在了盲目的希望之中，希望這種在多年中一直支撐他度日、給他無限養分，與最艱難的環境勢均力敵的隱隱約約的力量寬宏大量地——這曾給予他生存的理由——同樣給予他面對衰老、平靜去世的理由。

——卡繆，《第一個人》

無論卡繆本人如何反對，他可能還是會因早期著作，而被恆久理解為一位「存在主義者」，然而，從《薛西弗斯神話》之後，直到遺稿《第一個人》，卡繆其實花費了比建立個人早期主張，更漫長而艱苦的時光，以極平實的方式，反覆重省幾個歷經他的當代思潮狂烈沖刷後，猶帶給他深切困惑的西方古典人文命題。在意圖上，這些重省也果然如他所言，是在為他在《薛西弗斯神話》之前的，那些「有著更多真正的愛」的「笨拙的篇章」，重新找到「賦予這些祕密以一定形式的專業技術」。他認為自己，是「嚴格藝術傳統的奴隸」；他夢想的事業，是「總有一天在我的為人和言論之間將出現平衡」。簡單說來，卡繆其實是位特別清晰而「淳樸」（老師對他的形容）的作者：一種思潮體系的建立，或對一種抽象理念的價值判準，對他而言，始終比不上眼前即臨的他人苦難來得重要。這種明晰與淳樸，時常因為表達上的直接，而被認為是「過於天真」了。例如：作為個人主張的重要演繹，整部《反抗者》文論的樞紐，意外簡明地坐落於「超越虛無主義」這一片段的單向陳詞：「反抗不能離開一種奇特的愛」；卡繆最想說的，或許真的不過是要人「毫不遲疑地獻出愛的力量，毫不拖延地拒絕（眼前的，具體的，給他人帶來苦難的）非正義」。以當代犬儒素養，大概任何人都能一眼看出，這種陳詞方式，在辭令交鋒場上的弱點所在。於是，在一個奇妙的向度裡，其實正是卡繆的直接與清晰，他不太包裝的陳詞方式，使他屢屢成為一個相對孤絕的論戰核心，多方均不討好（或如昆德拉指出的，卡繆以「反現代的現代主義」，這種「反動」之姿，成為以沙特為核心的法國菁英文化圈，嘲笑的對象）；與此相伴，卡繆也就在另一個奇妙的向度裡，成為上世紀，一種具有獨特能動性，與代表性的文學家圖騰了：他的書寫之所以深刻而信然，首先是因為他的為人與行動，實證了這樣簡明言說的力量所在。簡單說來，卡繆所說的，一種對人類命運的奇特之愛，縱使無法在理論上，說服大多數善於辯證的「聰明人」，然而，支持者仍然相信，他確切打造了一條以書寫介入（或者，在正視荒謬本質的同時，超越內向虛無）的知識分子實踐道路。

人類最確切的命運：那與「對生命的純粹激情面對」的，「完完全全的死亡」。多年以後，在遺稿《第一個人》中，卡繆自省這也許從寫作初始，即牢牢牽制他文學想像的荒謬叢集（《薛西弗斯神話》：「真正嚴肅的哲學問題只有一個，那便是自殺。判斷人生值不值得活，等於回答哲學的根本問題。」），他當然明白，也的確鮮少遁入純抽象思維，去抬升，過度理論化人類在面對這荒謬叢集時，所思量，所被激起，且因之而為所應為的一切「盲目的希望」。

也於是，在半個多世紀後，重新解讀卡繆的小說《瘟疫》，一個觀照卡繆對個人文學工程之認知與實踐的批評向度，可能是必要的。首先，當然因為如前所述的，卡繆對個人立場之明晰陳詞的追求，使這部小說，被刻意寫得毫無任何曖昧與晦澀處（《瘟疫》：「我了解到人類所有的苦難都源自於未能使用清楚的語言」）。它甚至黜免了如貢布羅維奇在「思想劇」中，所著重炫巧的誇飾，變形與突梯，只將一切滑稽性（用兩盤豆子計時，或對著街貓吐口水的老人，反覆修改同一行文字的寫作者等等），以一種最無特殊情緒的直述口吻描述，以免僭越思想陳詞的嚴肅性。關於這一點，總與《瘟疫》一同被提起的，同樣作為卡繆「反抗時期」重要著作的文論《反抗者》本身，已是對於《瘟疫》小說藝術的，過於明確的說明。若以小說藝術論，《瘟疫》複雜之處，其實在於它彷彿以全副形構，實踐卡繆在《反抗者》中提出的藝術反抗論：「一切反抗思想都通過一種華麗詞藻或一個封閉的天地來加以闡述」。卡繆認為，他在文論中所雄壯羅列的，那些孤獨者的封閉天地，從薩德的修道院，尼采的山巔，超現實主義的城堡，集中營，自由奴隸的帝國等等，無一不體現他所觀察的，藝術在反抗現實的同時，亦賦予現實一種「使行動、美與非正義得到平衡」的「同意」（這是為何，一切革命都表現出對藝術的反感與敵視之因）；或者，一種理解：透過藝術作為，「人終於可以認識與主宰這個封閉的世界」。以此，卡繆認為，小說乃是將現實，在情感的極致化中修正：「小說者，其實不過是行動在其內找到其形式的一個世界，在那裡說出了終結的話語，人交由人擺布，一切生命具有命運的面孔。

「一切生命具有命運的面孔」：這是小說人物的虛擬烙印，和現實生活中的我們不同的是，他們以對行動之「一致性」的追求，「與命運拚搏到底」。封閉性，一致性與命定性等等。有趣的是，這莫非是對西方在古希臘時代，所建立之悲劇傳統的，一種語境外挪用？卡繆似乎正是以此，鋪設《瘟疫》的封閉舞台。《瘟疫》時空：一九四〇年代，法國在阿爾及利亞濱海省會之一，奧蘭。一座在殖民產業動線上，冒生的現代港埠：「很醜」，「沒有鴿子、沒有樹木，也沒有花園能聽聞鼓翅聲與樹葉窸窣聲」。移民至此辛勤工作，大抵專注致富，無暇照看過去，對眼前生活亦無特殊想望。這國境之南，背海而立的內向灘頭堡，四季變化由沿海空氣品質，和外地運來販售的花籃標注。一切皆有一種人造的虛擬之痕，而惟一確切無疑的現實是：和所有初生的移民城市相仿，在此生活，端賴體魄健全。體弱者難免自感不便；而死亡，立即需求永息，則是會給眾人帶來麻煩的。

小說，即始於這樣一個人造春天裡，身為醫師的李厄，到車站送別妻子的場景——因為病弱，她將隻身，前赴山區療養院靜養。敘事策略上，這是一個清顯而節制的伏筆。卡繆將瘟疫悄悄浮現城市地表的時刻，與李厄醫師因無能為力，只能將妻子送出城的場景並置，而在瘟疫加劇，君臨於圍城中，醫師在經年奮鬥，終於等到疫情退潮，城市重新開放後，所多得的，也只是早有心理準備的，妻子已病逝一星期了的平淡電報。李厄早有預期的是：對眼前苦難與死亡的反抗，原就「是一場永無止境的失敗」，而這「最終的失敗，雖然終結了戰爭，卻讓和平本身成為無法痊癒的痛」。

很明白：面對命運無由的苦難，生還者無法得勝。然而，這總體看來，低抑且徬徨的古典哀歌，卻因圍城時期，所隔離出的形色人物，而獲得意涵的反響。卡繆呈現的，主要是陽性孤獨者，某種形式的現代聚落牛仔，與他在十年後的《放逐與王國》中，猶以獨立短篇逐一捕捉的山區教師，最終獨囚閣樓的畫家，與深入殖民腹地的工程師等，原則上形構相同：職業賦予他們與集體的聯繫；聯繫反饋他們與集體訴求的摩擦，而後，他們總在個人思索中，將一切扣問進西方人文命題中：理解，與愛之艱難。客觀說來，正是這正面扣問的意圖，使《瘟疫》所代表與肇啟的卡繆思維，確實已和小說《異鄉人》，文論《薛西弗斯神話》與劇作《卡利古拉》，這一所謂「荒謬時期」具體有別了。一種貫穿卡繆所有作品，總關鍵性存在，難以抹滅的個人孤獨感，在此，不太能如《異鄉人》一般，單純化整成一種可指喻為存在之本質的個人內在風景，或者，從反向角度來看：化整成西方現代小說，常藉由邊緣人物描摹，所擬態的一則則類病歷分析。在《瘟疫》的世界裡，卡繆明確想用以包覆於一個個孤獨者的，是層層體系碎片或裂縫：西方一神信仰體制的，歷史的，社會的，政治的等等，惟其並非個人心理的。

邊區傳教士，對應於始終隱不現形的高階教會；派遣採訪者，對應於失聯的中央報社；在殖民地方政府中，勞形於統計資料的底層技術官僚；自然擔負起教化，團練救護組織，與政策協助的醫療者；與掌握刑名公權的家庭離散的自我良心犯。這些神父、記者、低階公務員、地方醫師、自我流放的知識分子等，是卡繆關注的，這個被切斷體系關聯之景深的邊陲圍城中，相對能動性高，自主性強，擔負起集體苦難的「健康者」；而同時，亦可能是在體系末端，最深切察知個人與集體關聯之扞格的孤獨者。這些健朗的孤獨者，以完全異於瘟疫城邦之王伊底帕斯的無罪與潔淨之姿，在一個命運吝於指名捉弄他們的尋常人位階上，以非英雄之姿，思索著，應對著命運以亂數挑中他們的集體苦難（「他有的只是一點善心和一個看似荒謬的理想，這……使英雄主義獲得它應屬的次要地位，就排在幸福的大量需求後面，永遠不會在前。」）。「理解」，成為立場不同的他們自我節制，與相互期許的道德：「我們能攜手合作，是因為有個超越褻瀆與祈禱的東西將我們結合在一起。這才是唯一重要的」；「同情」，這個從尼采哲學起，正式被逐出人類思維殿堂的古典辭彙，再一次，被珍重提起：「我跟戰敗者比跟聖人更有休戚與共的感覺」，「我關心的是怎麼當個人」。以及終究，這樣一個超越一切邏輯或情感對立，確認兩位孤獨者之友誼的直接問句：「當然，人應該為犧牲者奮鬥，但如果從此什麼都不愛，那奮鬥還有什麼意義？」

如此，在卡繆寫作的一個相對成熟的時期裡，《瘟疫》以全副形構的刻意簡明，或甚至該說，必定會引人注目（或斜視）的古典提問法，標誌卡繆寫作歷程中，一個重要轉折；或如前所述的，標誌對過往那些「笨拙的篇章」的重新織理。因確切說來，「理解」向來是卡繆哲學思維的核心命題之一（《薛西弗斯神話》：「就人而言，理解世界，就是迫使世界具有人性，在世界上烙下人的印記」）；而「同情」，及其所延異的所謂「愛」，則從卡繆理化式分析的「慾望、柔情和聰慧的混合物」，成為卡繆以反抗訴求，投遞向集體的瓶中信裡，一個可能是最關鍵的手澤辭彙。手澤之新，辭彙之舊，這個在個人想像中，面向集體的正面投遞行為，所包涵的種種反差，在文學實踐上，確實使《瘟疫》，像一則也許過於理想，過於古意盎然的現代寓言：在這被封鎖經年的城市裡，沒有大規模暴亂，沒有嚴重恐慌感，人們所感到的，只有沉靜的「放逐與離情」。惟一能讓最後現身的敘事人李厄醫師明確譴責的，是一位「在心裡（是的：僅僅只是『在心裡』）認同那害死孩童與成人的東西」的人；但終究，他也獲得了寬諒：在古典悲劇命定性的統攝下，確實，沒有什麼業經描述的，是不能獲得寬諒的。也因此，如同卡繆在《反抗者》中，對純粹道德小說，與純粹形式小說的兩方拒絕，《瘟疫》確實體現一種極其嚴整的中介：恐怕，它離個人超越，與集體譫妄一般遙遠。

然而，在西方現代文學光譜中，卻似乎正是在這樣並不孤高難解，也不隨眾起乩的殊少保留席次上，人們看見卡繆，一個時期的穩定身影：「我」反抗，故「我們」存在；卡繆以一種虛構，所能激發的生存熱望，反證一種生存熱望的總體虛構。此即《瘟疫》中，那些善良到甚至不能放心，坐而為集體代言的孤獨者們，以清明神智，義無反顧投身去奮鬥的，一場後設之夢。

烏托邦：人為的現世之城。馬克思：只有語言表達出來的思想，對於另一個人來說才是真實的思想。人們用語言揣摩語言，用對思想的表達傳渡思想，但凡靜默且未被再次轉述，以尋求下一個轉述者的，可能即是並不，且從未存在過的。這大約是人類話語世界的全副繁複與簡潔：思想並無遺跡，只是一代一代尋索重建者。從一個轉述者到下一個轉述者，話語並不僅只要求一位願意直接傾聽的他者；話語一直在向前，尋找對應與理解。話語是一顆種子，用它全副虛構所換取而來的真實為動能，穿越時空，尋找一處可以落腳的地方，在那外面很遠處，某人的眼睛，某人的心靈。話語的表達，於是終究也是一種換取：以過往換取將來；在此之間，一名發話者是一個中介，他把相距遙遠的拉近。記憶總是換渡與另啟記憶，這是思想的憂鬱與至喜。理解記憶收納的方式，從而也就是理解與布散療癒的方式，在其中，虛構話語作為思想過程的追蹤載具（人們在嘗試陳述時最能思考），往往一時體現一種強力統合：在此，虛構的目的，正就是虛構的本質。摩爾，《烏托邦》：在文學中屢見的徵調異質與現世倫理學所雜糅而成的夢境國度，很久以前發話人摩爾說，虛構的目的在展示修改現實的權力；更久以後，他修正說：虛構就是權力，反之亦然。

在《安逸與困頓的對話》中，摩爾談論個人早期從政生涯時，他將自己刻畫成一個充滿野心，聰明的年輕人，總是努力要爭取他人的好印象；然而，卻也同時是個「外人」（outsider）。葛林布萊分析，在這些書寫中，我們看見摩爾以一種自嘲的，充滿好奇心卻又帶有自厭的眼光，觀看自己周旋在其中的「表演」。他彷彿意識到自己是在觀看一場虛構大戲，然而，自己卻也為這場戲的非真實性，為它凌駕於世界之上的巨大力量所傾倒。摩爾這種對人類遊戲的著迷，特別是由傻瓜所扮演，為了滿足「自我之愛」的遊戲，持續了一生。他打造自己，成為一名絕頂成功的表演者。他的生命與寫作，也因此充滿了自我形塑與自我取消的複雜互動：前者是一名公眾人物的技藝；後者，乃是一種想要逃脫因此而形成的識別（identity）的慾望。

為什麼人會投入既不會滋養，也不會支援他們的幻念呢？對摩爾而言，答案正是「權力」，將個人虛構加於世界之上的能力：愈是無節制的虛構，此權力的製作愈是令人印象深刻。箇中重點，不在是否能以幻術騙過大家，而是當此個人戲劇展示之時，每個人都被迫要不是參與其中，要不就是只能沉默旁觀，無人得以完全與此無關。對馬基維利而言，君王行使欺騙的權力，乃是為了一個非常清楚的理由：生存；對摩爾而言，外在與真實之間的關係變得更具問題：在世上每個人，都深切執迷於維持無人會相信的規範；某種程度，相信變得不是必須。時常，剝除了層累的劇場幻想，你所到達的，乃是空無一物。對馬基維利而言，政治世界是透明的；對摩爾而言，它是晦澀的。摩爾認為自己已經明白了政治生活的真諦：真正的真實，就是無理可言的荒謬，所有擁有權力的人，都是受制於幻念的瘋子，無從區分真實與虛構。

在政治生活中，摩爾將自己將臨的命運，化作自己有意的選擇。這使得他總是以一種似乎洞穿了將要發生的事的睿智，面臨人生的險境，因此有了一種他所特有的「超脫」（estrangement）。這種彷彿已預視一切的複雜性，影響了摩爾的寫作，於是我們可以看到，在《烏托邦》中，同一文字層面包含著兩個世界：烏托邦既是現實的寫照，也既與現實截然不同。整部《烏托邦》的書寫，乃到處充滿這種忽隱忽現的斷裂，這些斷裂，暴露出文本製作過程的痕跡：烏托邦之所以存在，乃是因為存在著某種社會力量；而作者在書寫的同時，既顯示這些力量，又努力想要抹去這些社會力量存在的痕跡。

《烏托邦》因此，是摩爾分裂為公與私兩部分自我辯論後的產物，也因此，不可能是一部自成一體，純粹的經濟綱領（純粹公領域的）。《烏托邦》更多的力量，是作為批判人類本性的武器。而這些批判所針對的，既是十六世紀初英國社會和經濟問題（公領域的），也是摩爾自己（私領域的）。在這種情況下，虛構就是夢想；虛構就是現實；虛構從而也就是一切它企圖以己身展示的。以自我再現，質疑或清理一切過往的動力，源於不被記憶的恐懼：烏托邦話語所砌造的，當然是一座不適宜現實人居的房舍、宮殿或國度，因為一切均是，也只是記憶重新布散後，所創造的個人戲劇。

恍惚像是走在夢裡，走過山坡小學晨操歌，走到了路的盡頭。盡頭：站在大城河口，一片毫無特徵，填充物般存在的荒草「公園」上，他發覺，關於他所散亂經歷，思索不出安適可能的時間，完全可以簡單濃縮成一個逆赫拉迪克式的奇蹟：時間像一陣短促單音，異常明晰提示他，在島上，一種全面的修整，其實城鄉無別，遍地發生，於是在某種意義上，這讓他所來自的地方，越過他，接近與雷同於他目前所暫居的任何地方了。於是如他所知：一種純度最高，最酷冷，自閉而疏離的現代生活，人們只能在鄉下經歷。某種意義上，這的確也讓島對他而言，逐日攤平一切強力留挽的記憶皺褶，散成地貌並無差別的平野，或荒原了。平滑的空景，那其實該當是虛構話語的終局樣態，卻很奇妙，過早成為他日日所見的常態了。在他有生之年，她們與他們一個個邁入晚年，或已離開。倖存的人，親眼見證地表變化如此劇烈：地力已竭，地下水流逝；洗瓷廠關閉，更多廢土反撲回來，這回，有水泥塊，有磚頭，有鋼材。被外地人毀棄的家屋，核爆般遍散地表，將河道填高，讓洗池潛入底層。風景曠日更新。他總想像，再更多個百年，當這些都隨時間作用，編入地殼一層後，考古學家會不會困惑：具體地說，她們與他們究竟是如何活過尋常一日？

隨所有被毀棄的，每場暴雨，總令他心疑大海也終於回返了。最奇怪，或最尋常的是：雨中，倖存者各行其是。有一天，公路旁的新曠野上，突然長出一根人高的陰莖。再過幾天，暹羅國風的求子廟就落成了。她們端飯碗在庭埕遠眺，笑看真有人來。外地人包遊覽車來，組團參觀。菜車如今直驅村中，再無準時的必要。菜車說現撈的魚如今都變小了，她們也笑笑，真像小學生畢業多年後返校，覺得籃球架怎麼變矮了那樣的笑容。她提菜回來。她抓魚尾在他面前晃晃，說：「看，侏儒。」他哈哈大笑。夜晚，暹羅廟探照燈朝天放射七彩霓光，那根陰莖兀自拓印在他窗前。除飆車族轟隆隆撞山壁外，四周無聲。他從抽屜拿出她撿的貝殼，回憶多年以前，她在洗池裡的打撈，那一身防水防腐，卻赧然難入集體記憶的工作服。盛海的山，倖存碎片，剪影異國。心智的孩童期。他想起成年後，因有些事想自己去確認，他去看河灘地另一面。沿一條名叫「農路」的山道往上爬，直到路停在一片樹海時，他抬頭，已望不見山稜線了。植被鬱鬱蔥蔥，讓他稍感放心，至少從這一面，察覺不出山的另一面，已經幾乎被他的村人給挖空了。樹蔭如海。那竟又像置身童年的寄名之屋，孩子困頓且察覺：無人在此。

想起今年度流水帳：母親是寡婦，寡婦好商量，在附近聚賭的賭客，今年起，皆將摩托車寄藏在母親家的雨棚裡，以免警察又來囉嗦。不過雨前，母親下工回家時，雨棚已空了，因聽說節前，鄰鎮開了局大的，眾人都呼嘯趕場去了。母親回來正逢雨落，她忙去幫各家收衣服，能進人家後院的就權且代收了，有鐵柵不能進的，也只好眼睜睜看雨打。奇怪整村又像都空了。雨下竟夜，天黑時他回到母親家。站牌邊，工廠和雜貨店間，原有一便道，是原來雜貨店老闆，一個人每日每日來回踏出來的。老闆死後，雜貨店沒人住了，便道長回一片不可通行的雜草叢。今年他發現，老闆原先種在道旁的一株碩大桂樹，也被路人連根挖跑了。世事如此：路隨人滅，連樹都給偷了。夜半傳來極響的鐵片敲擊聲，原以為是工廠在卸貨，或竟恢復了加夜班的景氣，天亮時問母親，才知道是近鄰那排廢棄廠房的鐵皮屋頂，被上次風雨撬彎後，就不再修繕了，從此，它每晚皆這麼在風中瑟瑟振響。天亮即是清明節，和母親走近那廠房時，才注意到那鐵皮果然像鳥翅一樣，騰空張展。再更多場風雨，或再更多路人經過，這排廠房就會被原地支解，一點不存，如同他記憶中的許多事物一樣。

今年清明節，運氣極好，雨天亮時就停了，馬路上野狗成群競馳，從公車車窗外望，荒地上，陽具廟旁多挖了水池：廟公今年起兼營螃蟹養殖業。小鎮街上，兩側皆有小販賣近港現撈魚，漁業還行。年輕的失業者，在市場口以兩水桶賣祭拜花束，母親說：這人和他哥哥現在都「割」花到處賣，父親死了，母親以前也是「割」魚賣的，過得很苦，後來死了，家裡還有祖母，不能動要請看護，祖父也死了。他聽懂好多人都死了。過橋，河灘海口，幼稚園也荒廢了，一隻銀白色的胖短尾貓，蹲在傾倒的溜滑梯上。聞到海的腥味，這就接近父親了。

去年清明節，和前年，也和好多年前的清明節一樣，在公墓地，他又遇到阿嬸一家，來掃阿嬸前夫的墳。阿嬸前夫，和他的父親在同一個礦坑挖礦，有一天，在坑口，父親左近，前夫被頂上落下來的一塊大石頭砸破頭殼，就死了。自孩提時代起，他始終記得這個場景，因向來不多話的父親，那天回來之後，好詳細對他們描述這整個腦漿四散的過程。父親大約嚇壞了。父親那時年紀和他差不多。父親的驚嚇持續了好幾個月，每天回來都說，坑口還有「頭腦的味」。後來，阿嬸就帶著四個小孩，改嫁他方了。後來，父親和左近其他當天沒被落石砸中的礦工，居然也全都死了。後來，阿嬸和現在的阿伯，又生了兩個孩子，每年清明節，都由阿伯載著，帶著孩子，回來掃前夫的墳。事情就是這樣子。去年清明節，他發現父親隔壁的墳，大約預知日本輻射塵將來襲，整個發爐一樣，叢叢密密長好了據說能防輻射的仙人掌，遠看近看，都像一隻綠色的刺蝟。這座已經好多年無人回來祭拜的墳，是就他所知，方圓內最有生機，卻也最永恆長存的一個「東西」，看著看著，你真的會以為，「他」是會思考，能記憶的，就像人們對所有命長過人壽的生物的感覺一樣。

二十年像一天。這完全適於簡短濃縮的時間，漸漸也看不出能從哪裡離開，因此也就無所謂抵達了。行刑隊似的單音猶在耳際，但彷彿，只是將他擊穿成空洞的幽靈，這是當他觀望那永不再有的最近昨日時，在有那麼點悲傷時，他對自己的最大感想。於是，當他仍能行走，或在某些能睡好，肚子也吃得飽飽的舒服日子裡，他確也感到存活本身，就是一件應該謝天謝地的事。當他特別心無所存地在城中散行，他確也感到快樂，覺得一名活人不應像赫拉迪克一樣，對記憶需索過多。當他走到城市河口，看陰霾盡去，一個特別晴朗的秋日黃昏，將對岸墳塚一個個，特別明晰地從空氣中離析出來伊時，他確也覺得時間重層，在人猶活著，猶能感知的每一秒中，都實在是最自然，最該淡然直觀之事了。他因此確也好奇，所有這一切的未來，將會是什麼。

有關一種虛構話語的未來，也有關一種記憶留存之方式的未來；倘若在那個人人共享的物理未來中，上述兩件事，仍是強烈相關的話。其實多年來，他偶爾還會想起自己生平第一次，走進一個地板光潔，必須脫鞋才能入內的城市住所的情形。那是父親最小的妹妹，他姑姑的新家。那時，她和姑丈該是剛成親，剛在與城市隔河相對的衛星市鎮之一，那些遷就複雜且窄仄的巷弄，從舊房舍中拔地立起的新樓屋中，找到一格家居。那時的姑姑，真像位慷慨且不厭煩的大姊姊，她溝通，安排，招待了她早已各自成家的兄姊們，大大小小的孩子來家裡住，去城裡玩。所以，他和他的姊姊們，堂表兄弟們，八九隻放生猴似的，就這麼光臨了姑姑的家居。記得姑姑和姑丈，是開小貨卡，來車站接他們的；他們蹲坐在車後斗，倒退著前行，且不知為何，一路上搶著要和靠近貨卡的陌生人車打招呼。記得他們在陽台，依姑姑指示脫下鞋襪，把襪子捲好，塞進一隻鞋裡；把鞋子大軍列陣排好，接過姑姑發放的塑膠室內拖，踩著，一一進入廳堂。室內拖都不合腳，有的稍舊，有的全新。全新的，多年後他想來，應該就是姑姑和姑丈為了他們的造訪，特地到附近大賣場一體採購的。

這場景，當然，當時的他並未親歷，也完全無法想像起，不過，也許回憶本身總難免，附帶這樣一種將事景重置的效應，於是，多年來，當他思及，或再次經驗光腳踩在塑膠室內拖上的觸感時，他總直接看見十分和好的，青春的姑姑與姑丈，推著大賣場的推車，在貨架間，走道上，迂迴行走著，商量著，設想著，為兄姊們的八九個孩子，採買必需品的情狀：拖鞋、牙刷、毛巾、枕頭、小被，等等等等。對尚未生育的他們而言，這事大概如此：你愈設想，愈思量，你就愈發覺原來一個孩子的日常作息，會動支這麼多無窮無盡的必須。你愈貼心去斟酌，在幾日暫居中，這些「必須」，如何可以從權卻不委屈了兄姊的孩子們，你也就好像，是在計量著孩子們並不知情，而你以最直接的情感，想要去正面去取得聯繫的親族往日。

回憶自身，當然可能，亦同時是一種對事景的遮障。其實，亦是在多年後，當他越過彼時姑姑的年紀，設想著這個場景時，他也就難免，總透過想像中姑姑的眼眸，去看孩提時的自己，所親歷的那幾日暫居了。你看：八九個孩子划著或新或舊的室內拖，踩動並不寬綽，但因歲月未及沉積，而顯得這裡那裡太過明亮的一格家居——那時，好多事物都早有了名字，現在，他們得想辦法添辦這些事物。鍋碗瓢盆：所有人一同擺開碗筷，吃什錦麵。毛巾：所有人輪流去洗浴。洗衣機嗚嗚轉動。姑姑掏蠶繭一樣，把各人的襪捲從鞋裡掏出來，泡在一臉盆肥皂水裡。在房間地板上一路擺開鋪蓋，熄燈；兄姊們的孩子一同在鋪蓋堆中踢打笑鬧，掙扎著不肯睡去。聽見樓上咚咚腳步聲，好新鮮的距離感。一時睡去，空調令他十分乾渴，醒來，到廚房就開飲機倒水喝，嚐到藥水一樣的苦味。把室內拖泊船一樣停在浴室門口，進廁所撒尿；夜視光影中，看見貼窗人立的剪影。他好奇，再划動拖鞋，到後陽台看，看見小小大大衣物，滿滿垂繫一條顯然嶄新，很奇妙，是由一個個塑膠環彼此圈套組成的藍色曬衣繩，在無風的鐵窗內滴掛，一同等候自身重量，對著防火巷被風乾。

往日重溯：所有那些內裡的悄靜，隔闔的喧響，人為的潮濕，或空調中的乾燥；所有這些，姑姑和好暫留的調動，多年後，在回憶中，他無法不僭越地代姑姑去重看。這其實是回憶自身最擾人的地方：關於那總像宿命一樣的，只能在回憶中終於確認的，曾經有過的伴隨或導引。甚至是所有那些，姑姑與姑丈看著他們一一著裝，穿好鞋襪，列隊下樓梯間，再開動小貨卡帶他們去遊歷的地方，在更多年後，他知道，那些其實只能被反覆重置，或遮障在記憶中，而難以真的由成年後的自己，獨自再去實地重看了。這並不是說，這些地方皆不在了。這片在國家飯店後方，登山步道穿行的樹海；這座靠近河濱，有碰碰車道和園遊會氛圍的公園。這處電影院。這家他拿了一盒糖醋醬，帶回家做紀念的麥當勞。這些遊歷過的地方，有的仍在；有的，他仍能憶起它們實際坐落過的位址，但無論在不在，能不能，隨時光磨損而絕難保存的，卻最值得記憶的，其實正就是這樣和好的相遇本身。

他且也明白，這些對他而言，將只會愈來，愈像是一些關於往日姑姑的空洞索引：以比往日的她更蒼老的視野，他設想著，思量著她擇取出這些物與景，安排這些行程的因由，彷彿這樣，他就能多明白一些關於往日的什麼。與此相對，其實多年來他獨自穩確的記憶，如實停留在最後，當他們將要歸家，在陽台，姑姑收攏好那長串室內拖的神態。「最後」，這當然是回憶的詭戲：記憶在多年後，穩確停擺於此，是因為越過那些年頭，越到當時所有人身後那樣去看時，他明白了，從那個穩確落點之後，他們再要這樣太平無事且刻意相聚，將要一年難過一年了。

時間之中，有新生兒的出生與成長；有並不寬裕的生活，對一曾明亮過之家屋的全盤動支；有必不可免的衰老與死亡。有對應於如上種種直述起來，總顯得像是廢話的時間流程裡，那各自成家的親族，並不總能慷慨且耐煩地對待彼此的受迫性遭逢。於是，一切刻意的留挽，即臨的關照，也就自然顯得太過不自然地豪奢了，即便是，或該說特別是在親族之間。多年來，他猜想著那些室內拖，那些特意新添的碗筷，那些毛巾，那條曾對他閃耀藍光，奇妙的全新曬衣繩；他想像，在那些孩子回家後，在那對如斯年輕的夫妻的家居中，這些物品如何靜靜被收納，或被散逸進更紛至沓來的日常伊時，他確實也只好承認，回憶自身，必定也帶著拒絕讓人去理解其自身的效應；雖然，去和一個往者取得虛擬的聯繫，在他看來，往往就是這一切記憶調動的最大目的了：記憶者在拒絕理解中理解。

這麼一想，這片攤平在河口，無地域特徵的平坦「公園」，說來，該是這座日漸平滑的島，對上述悖論纏繞，總顯得太過麻煩的記憶術的更直接拒絕，或無差別掩埋了：它悍然無畏地紀念著失憶的正當性，一如島一慣的方式。一如多年後想來，他童年記憶中的一切親歷場景，以及目前，他所暫居的任何一個居所。他生長於，如無意外的話也將死於一座殖墾之島，對他而言，很多年後他不得不承認的是，的確，在所有那些記憶調動後，一個人對往者，或其實是對自我根源的最終發現將是：「無盡的遺忘是他這一類人最終的祖國」。

然而，今年他亦知道了，所有人為的結論，其實都不那麼要緊；宿命的悲傷的終點也並不要緊。如果無所謂離開或抵達，那麼這片人為「公園」，同時也就是某種快捷路線的終點與起點了。今年他記起這個無根無源的故事：這人搭高鐵，從台北搭到高雄左營，去丟棄一隻叫「臘腸」的臘腸狗。他在左營站邊那無盡的荒地一角餵食牠，趁牠埋首時，快跑，搭回程列車走了。臘腸吃飽了，從荒地走出，追索半空中，以時速兩百公里遠離的他的氣息，循著那正分分秒秒一分一釐緩慢陸沉的銀河鐵道，短腿穿過整個嘉南平原，桃園台地，在板橋潛入地底，在台北冒出頭。這樣其實已過了半年。半年後有一天，他開門，臘腸就在門口，腿還是那麼短。今年他喜愛這故事，多想知道短腿走過平滑之島時，牠遊歷了什麼。

將自己將臨的命運，化作自己有意的選擇：契訶夫的喜中之悲；卡繆的薛西弗斯，與「抵抗虛無」。獨自復刻後設人生的契訶夫；不在遞送親愛書簡之航線上的卡繆。所以萊卡依舊在天上漂；所以獨坐在與老家相同的面東之窗，想像就在右側，那另一隻狗仍在地底遊蕩。所以如此空想過往與未來，在他一人的蜂房，在話語的烏托邦與夢境裡。這樣，這本書也該結束了。這樣，在也許已過人生折返點之時，他讓多憂生活繼續推翻這本書。

在自己的人生裡，他該自己去上小學了。

——二〇一〇年十一月—二〇一二年十二月

歸還之目的：重返《童話故事》

朱嘉漢

的確，真正的閱讀是重讀，真正的書寫亦是重寫。必然是複讀與複寫，在無數的「已發生」上行跡，且終會無數次地，被往後的所覆蓋。於是在此，由書中一再出現的關鍵詞語之一，「現代」或「現代性」，召喚起波特萊爾，這位無非對「現代性」最有洞見的靈魂之一：「你的腦袋有無以數計的念頭、影像與情緒，一層層地堆疊其上，溫緩如光。彷彿後來的不斷掩埋先前的。然而，實際上，一切未曾消亡。」我們的腦，所謂記憶的與遺忘的庫存之處，對波特萊爾而言，是個「palimpseste」：一種能不斷重複寫上羊皮紙手稿，掩蓋先前者，勢必湮沒於來者，但痕跡終將留存。以此觀點，遺忘只是暫時，在某些時刻，如瀕死時光，一切的記憶將脫離時光的束縛，一次提領出來。波特萊爾另外告訴我們一則故事：一位厭世的陰鬱天才，為了報復他所在的不屬於他的時代，一口氣將他所有的作品，包括手稿，付之一炬。想當然耳，有人指責他的作為。這般飽含恨意造成的恐怖毀壞，會葬送他所有的希望。他則回答：「這有什麼？重要的是，這些東西被創造出來了。一旦創造出來，就是存在。」然後，波特萊爾強調，這種不可損毀性，如同我們的想法與行為，都是無法真正抹去的。「回憶的palimpseste不會毀壞」，他說。

記憶像是創作，波特萊爾用來比喻的palimpseste，再具體不過。

當我們回到《童話故事》，除了具備多重時空場域與超文本性（l'hypertextualité），書中多次直指的現代作者寫作特性（困境），令閱讀之眼從一開始就難以是單純、被動的。困難甚至在於開口之前。許多可以來談論這般書寫的話語配備，書中已然存在，甚至那些並不是他說的，因為它們早存在於其他的文本之中。這對於一位評論者不無尷尬，似乎在這以充分甚至極可能過度的自覺、無法擺脫的複眼寫作出的作品之前，面向一切的話語都指向書寫自身的書寫，批判同時於書寫的書寫，除了成為見證者之外，還真的沒什麼好說。另外尷尬的是，評論的可能路徑也早就配給好了，而且同樣，是引自其他人口中：能談論的，是他如何去看，去認識，如何回應他面對之問題。也就是說，看作者如何在一張暫時經手的

palimpseste，在留過無窮的他人與自己的字跡之上，留下一次獨特的簽名，一個覆蓋前者且早預知往後將被自己或他人的書寫洗抹過，卻在本質上不會真正消失的筆跡。於是，終究又是雙重的，不得不去重讀，跟隨作者的筆跡運動，策略運用，逃逸路線，跟蹤緊隨與丟失目標又重獲獵物身影過程，即是讀者的重寫與複寫。

（且不能忘，我得知曉，自己的書寫，將出現在同一本書中。所以也不得不思考，如何在palimpseste上找到書寫的方式。然後，靜靜等待一次又一次的，溫緩如光的沉積。）

或許，打從一開始，自覺行走在古老的土地上，重要的就不是創新了。書寫的筆跡不是新生成的，作為一次性的個體，而僅存的自我認同，都藏匿在關鍵詞語「私密性」中：於一再複寫無盡連個人曾存在過的時空也終將抹消的palimpseste上，留下特殊的觀看者才能分辨出的標誌。

原創性：梵樂希（Paul Valéry）毫不留情挖苦創作者或評論者對於「新」的執迷。對他而言，是最難戒斷的毒，會引人一再增加劑量直到死亡。在他的眼裡，所謂的「新」，不過是事物當中朝生暮死的部分。真正令人敬重的新，不是早熟的，應該是晚熟的，不在於剛成形的那些，而是長久以來一直存在的；進一步說，不是剛出現的，只是一度被遺忘，又再度被尋回的。換句話說，真正的新，是重新。一如普魯斯特花上長篇幅與長期書寫所證明，那些失去又復得的才是真正的時光。既然不是創新，創作實踐，或許正如原創（original）字義本身，是最初的，根源的追尋。

私密性與原創性。依舊梵樂希：「最原創的，最自我的，無非是從他者身上獲得養分而來的。」另一個關鍵詞：他者。或許，採取這般思索路徑，總會不約而同，以自身的方式，命定地，面臨與回應自我與他者的問題（當然，也是老論調了）。在palimpseste上，所有的閱讀與書寫，無論如何私密或追求自我，終關乎他者。如何看待他者，他人之心靈，理所當然是嚴肅的文學問題，無論想探究的，是偏向自我這端或他者那端。

籠統言之，《童話故事》諸篇，由兩個部分交錯組成，一是貌似關於自我的書寫，另是關於書、作家或是閱讀的論述。二元素彼此可區辨，同時相互纏繞共生。第一聲部的書寫類似抒情或敘事的散文體，不過用的幾乎都是第三人稱「他」，如影隨形的「他」；第二聲部，如文論的思辯形式展開論述，卻缺乏主觀闡釋的可見形式（如「我覺得」或「我猜想」開展的句構），所論及事物，彷若以本身的面貌毫不添加減損地出現。繼續來看：第一聲部（可能）談及作者私我，然而已經以人稱「他者化」，並蘊含疏離氛圍；缺乏人稱主詞的第二聲部，陳述反倒更有斷言意味，彷彿作者已直達他者心靈深處，這種熟稔感，取消了詮釋的需要。問題在於，無論如何疏離、片段化的書寫，或以「他」代替「我」的書寫，這些操演能將「自我的他者化」推向多遠，或只是自我感覺良好？另外，詮釋既是權力，也是逃不去的義務，沒預留詮釋語式，背負著風險：其一是武斷，被視作更加主觀或一廂情願；其二是失去了現世運用與當代理解中可以發揮的（廣義的政治）力量，亦即作者若想贊成什麼或反對什麼，這般的評述方式，難免令人略感曖昧。更矛盾地方在於，如此壓抑自制（於第一聲部），又如此熟知文學史經典（於第二聲部），這般的作者，實在也不可能天真到沒發現這些問題。

這樣一來，又回到原點，作者很可能已熟知且預知書寫無論如何終究無法逃離的命運，然後沒有耍痞擺弄虛無，非常古典地「逆抗」之，結果，真正的書寫的確是重寫了。作為讀者，確切地說，變成嚴格意義的讀者，也該不畏懼終爾落入的徒勞，去重讀。

寫到了這裡，為了提出假設，我得變成讀者才行。

我想，較能掌握的關鍵，還是童偉格在《童話故事》當中談書與談作家的方式。這種不以人稱主詞的談論，假如不是武斷或一廂情願，大膽來說，很有可能是種近似「模仿」的心理活動：想像自己就是契訶夫、卡繆、卡夫卡，假裝自己可以毫無困難地用他們的眼睛看世界或思考，所以不需要跳出來詮釋，因為角色扮演本身即是詮釋。換言之，這不是一種博學家展現知識的姿態，而是一種「書寫練習」。不管是再度實踐、刻意避免或隱藏，在《童話故事》裡清楚指出過「諧擬（la parodie）」在文學之重要性的童偉格，必然在書寫中有所意識。但若在這裡導入它的孿生兄弟「仿傚」（la pastiche），書寫的意圖與效果會有微妙轉變。仿傚之於諧擬，已不再是挪用或相似，不試圖在書寫中轉換，而是一種更直接的、可見可辨的模仿來複製其他人的寫作。或許不是所有人都知道，其寫作風格已成文學史上獨特標誌的普魯斯特，私底下是位模仿他人文體高手。除了遊戲性之外，他清楚定義這書寫練習的功用：「當我們剛讀完一本書，我們不僅想要繼續與書中的人物一起生活，在閱讀的期間，我們內心的話語也早被福婁拜或巴爾札克的語調規訓過，我們會不自覺想要如他們那樣說話。所以必須要使之持續一段期間，讓這聲音可以延長一陣，也就是自主仿傚，好讓之後能夠重新變回原先的模樣，也是不讓我們一輩子都在進行不自主仿傚。」簡單來說，普魯斯特認為（自主）仿傚，有「排泄、驅魔」的效用：為了排除閱讀過後內心不自覺的仿傚，迫用最為表面化、形式化的方式「自主仿傚」，讓我們可「再變回」原初狀態。當然不只這樣。好的仿傚者，其實某方面來說也是好的讀者，對普魯斯特來說，仿傚者在積極層面上，是能夠在更深層之處尋獲不同印象或想法的相似處之人，意即抵達精神深處之人。也就是說，仿傚其實是用最表層的「自主仿傚」作為，來驅逐單單是被動影響的閱讀後遺症，他所謂的「不自主仿傚」，擺脫這狀態，好「重新變回」原初模樣，然後抵達精神更深之境。那麼或許也不必太驚訝，如艾可或波赫士這種大讀者，為什麼有如此強大的模仿能力與興趣，他們的眼睛，必定可以自由的一次性地穿透palimpseste的多層書寫（波赫士的小說〈皮耶・莫納德，《唐吉軻德》的作者〉，即提到莫納德的《唐吉軻德》便是一種palimpseste）。童偉格在這裡的書寫到底不是仿傚，讓我過度聯想到仿傚的原因在於，這種試圖讓作者或作品以彷彿原樣（tel quel）的呈現，竟有仿傚的宣稱效用：這不是我。越是維妙維肖，就越是宣稱「這不是我」。於是成為一種特殊的存在，我不在我所在的地方，我讓不是我的人代替我，但那終究不是我。我想，這真是再好不過的不在場證明了。總之，這樣談書、談作者或談寫作的方式，讓我不禁猜測，或許與普魯斯特面對仿傚的態度有相似的地方：這當中，有種非得把自身一直以來的閱讀經驗與記憶，不斷迫出成某種形式的必要性在。透過這舉動，暫時浮出水面，大口呼吸後，可奮力潛下，看看那裡會有怎樣的風景。

不容忽略的是，此書論及作家或作品那種從容姿態——自由切換與連接前文論及的兩個聲部，尤其悠遊出入各種文本——不免讓人聯想起蒙田。矛盾的是，他也早指出這個不可能：他不像蒙田，是個有鄉土的人。有鄉土的完足之人，才有資格，安然於此，借閱古今中外他者言說。相反的，書中的「他」飽受離散之苦，「他」不在場。所以，「他」能取得如此言說的能力的原因，全在於「謊稱在場」。不論談論的東西多麼真實，態度多麼真誠，這一切言說的基礎，是建立在這「謊言」上的。然而，儘管關於「謊稱在場」、「想像自己在場」的種種動機與情感已寫在〈序篇：失蹤的港〉裡，我仍難以靠近，何以細究了「在場」、「完整」、「承襲」，但從「虛構」到「傾向於死」，卻有某種環節落失之感？又，在怎樣的狀況下，突然體悟「無論如何晦暗悲傷的悼亡書寫，文學作品基於需要協商的人類經驗，與真正的死亡相比，仍是相對溫暖且光亮的。也許作為讀者，他是行走在溫暖的光照裡的」？

不過，我想大概沒有錯，重要的地方還是在於作為讀者這件事。作為讀者，以及再認識到作為讀者是兩回事。這裡，他體悟，然後「再變成讀者」，回返啟動，一切得以重新看待。

重新看待：所謂個人經驗的累積、主體的形構、關於世界的認識、人類思想與情感的複雜多樣，學習成為一個人的種種條件。然後（再）發現，在一位茫然於世無可選擇作為第一個人的「學習成長」歷程中，其實始終從閱讀當中得到太多。或至少，一直都有閱讀陪伴著的。於是，這歸還的旅途，「歉念與感謝」為其動力，而「他」作為載具，穿梭或跳躍於時空。

閱讀，借閱。能不能這般猜想，這個「借」本身與「歉念與感謝」不無相關？當他體認到，自己一直以來是行走在溫暖光照裡的，所以沒有任何資格可以宣稱哪個知識是屬於我的，沒有「僭越」的權力（就算有，也是借來的）。另外，「借」的想像，本身已逆轉了禮物交換的順序，不再是給予、接受與回贈。「借」本身預先包含了有朝一日的歸返，接受者的逆轉他的被動角色。貫穿整個書寫，直到最後，話語的歸返。

借閱，所以事物得以（也應該以）原樣呈現。在暫時保有的時延中，保護借取之物是基本德性。比起仿傚，借閱者的想像意志必須更強。想像：因為真實之中，「借閱」不可能，「歸還」更不可能。條件在於虛構，因此不論文類體裁為何，《童話故事》本身即是虛構的，至少從「謊稱在場」開始，整本書就羅織進虛構裡。借閱想像當中，一切談論到的作家與作品，都是虛構，越像是本來的樣子，虛構的力量就更為強大。娓娓道來間，童偉格的「不在場證明」創造出來了，奇妙的是，虛構的起始條件竟是「謊稱在場」。

歸返，在借閱中預先產生。甚至，在這文學空間當中越界，由歸返呼喚借閱，因此不得不去虛構。一次次的作家與作品展示，從來不是炫耀意圖，或是強化自己存在價值，或證明一些什麼，而是相反方向，乃是離心的活動。矛盾也在於，離心運動卻也是離散之人回歸的方式，負負得正，也就成了向心。

以此觀之，時光借閱者，也同時是位時光歸返者了。

閱讀與人生如此相伴相生。以人生片段召喚起借閱，借閱以喚回過往經驗，歸返運動循環發動，我相信，《童話故事》一直是這樣在練習的。歸返的欲望，重新變回原初的欲望，追尋遺忘與諒解，傾向愛與死的欲望。

以此形式，時光的贖回得以跳脫順時或逆時，多層複寫的palimpseste裡藏著答案。或將自己的祕密，就此藏在palimpseste裡。這本書最私密的書寫，埋入人生與閱讀的關係中，乍看兩者總是相似性的隱喻連結，深究下去，會發現兩聲部的和諧或許在於毗鄰性的換喻聯繫，但我們永遠不會知道，回憶片段與借閱言說的真正相關是什麼。

歸還的目的，在寫作與閱讀的原初，或是「經驗」的原初嗎？我猜想，寫作能給的，可能比這還要多。歸還，往往不是原原本本將借取物交回，不論如何努力，上頭總會帶有更多真正屬於自己的東西。產生關係，即使是暫時的，也會留下痕跡。所謂利息。想像，每一回閱讀與人生的歸還，若總是夾帶一點點多的什麼的話，歸還這本身只在文學虛構中才能成立的實踐，到了最後，會在虛構空間中的閱讀與人生一體之兩端抵達零度之時，鑿出缺口，創造出一個虛空中的負數空間。不可能中的不可能。那很可能是布朗修說的，作者本身被排除在外的文學空間。也很可能，真正的創作會在那裡發生。

來到此書的最後一句，我們或許不知道真正發生的事是什麼，但可以臆測，經過這樣的書寫與其經歷的書寫時間，童偉格的個人文學史，關於原初的起動點，說不定有一點小小的不同了。

讀者們，現在，換我把palimpseste交還給你們。

只須記得，溫緩如光堆疊過的，皆未曾消逝。

（本文作者為巴黎高等社會科學院博士生）

INK PUBLISHING 文學叢書 381

童話故事

作　　者　童偉格
總 編 輯　初安民
責任編輯　陳健瑜
美術編輯　林麗華
校　　對　吳美滿　陳健瑜　童偉格

發 行 人　張書銘
出　　版　INK印刻文學生活雜誌出版股份有限公司
新北市中和區建一路249號8樓
電話：02-22281626
傳真：02-22281598
e-mail : ink.book@msa.hinet.net
網　　址　舒讀網http : //www.sudu.cc

法律顧問　巨鼎博達法律事務所
施竣中律師
總 經 銷　成陽出版股份有限公司
電　　話　03-3589000（代表號）
傳　　真　03-3556521
郵政劃撥　19785090　印刻文學生活雜誌出版股份有限公司
印　　刷　海王印刷事業股份有限公司

港澳總經銷　泛華發行代理有限公司
地　　址　香港新界將軍澳工業𨋢駿昌街 7 號 2 樓
電　　話　852-27982220
傳　　真　852-31813973
網　　址　www.gccd.com.hk

出版日期　2013年12月　初版
2019年10月 20 日　初版二刷
ISBN　978-986-5823-58-0

定　價　290元

國家圖書館出版品預行編目資料

童話故事／童偉格 著；
--初版, --新北市中和區：INK印刻文學,
2013. 12　面；　公分.（文學叢書；381）
ISBN　978-986-5823-58-0（平裝）
857.7　　102023904